U0044731

愛情嗎啡

26

尋回秒的心動

朱維達——著

序

每人都有一本愛情黑歷史。

翻開這本歷史書，發現有很多後悔說過和未說過的話，做過和未做過的事，偶有可以跟別人分享的片段，但大部分都是難以啟齒，也不欲回想，卻難以忘懷，沒辦法將之統統溶掉，唯有等待時間由它們如絲絹般沉澱心底。

隨著經歷愈多，那片沉積物愈堆愈厚。有人只管向前看，從不悔恨，過去的一切好像從來沒有被翻動起來，猶如沒有了過去；有人在夜深人靜，或是情感路上遇上錯折的時候，腦海中卻會無端翻播昔日的甜蜜片段，心緒頓時變得混濁不堪，需要一段時間沉澱，心靈才能回復平靜。

其實，哪裏會有人能夠完全忘記過去？

在早已沉澱卜去的愛情黑歷史中，不少人（尤其是男人）都可以用「一塌糊塗」作總結。個人的悟性往往沒有因戀愛經驗的累積而得到長足的推進，有時甚至會出現倒退，說話、行徑變得幼稚、固執、卑劣、自私，當刻根本不會察覺有啥問題，但直至深夜獨憔悴之時，才會感到自己的不是，感到傷害了自己，更傷害了對方。

　　當眼窩已經盛不住淚水，唯一可以壓止這份悲傷的方法，就是回想曾經觸動過自己的一刻心動。回想當日的情景、關係、氣氛、談話、眼神和觸碰，即使只是經歷2.5秒，卻能化成讓腎上腺素飆升的愛情嗎啡，雖然藥性短暫，但只要尋回這份心靈上的觸動，無論現在身處在感情路上的哪一個位置，都可以暫時中和情傷，或是用來重拾那久違了的戀愛感覺。

　　尋回那2.5秒的心動一刻，將可回味一輩子。

目次

第一篇

「來，給我抱抱便好了」

　　彷彿看到了，她站在孤處，閉上了眼睛，長髮往後亂舞，只聽到一陣冷風怒颮著耳邊，只是一陣，因為以後再沒有感覺。

　　那年的初秋，沒有中六文憑試，能夠在原校升讀中六，可以說是有一整年的蜜月期，理論上是為著翌年的大學入學試作準備，但只是理論上而已。

　　中六B班的王琛忠，其貌不揚，但論俊俏程度是班中數一數二，無他，今年選修文科的就只有兩位男生——王琛忠和他的好朋友陳國雄。其他人看來，這裏會是一個女多男少的世外桃源，實情卻是兩回事，不是因為琛忠與女生夾不來，相反，即使在去年有三十八人一班的課室中，他還是比較受歡迎的那一位，或者是生性平易近人，無論班中愛搞事的一幫，抑或除了讀書便只有讀書的另一幫，他們對琛忠都沒有芥蒂，就是他搓圓按扁也不會怨言半句的性格，每次的班長選舉中都可以高票當選。如今升至中六，人數少了，他的人氣依然不變，即使如此，琛忠對一眾女同學仍然沒有任何初戀反應，就算往年與他一直傳著緋聞的李曉同，對琛忠而言，她亦只是在眾多女生中與自己的頻道屬較貼近的一個，跟她的說話多了，自然被人盯上，再大做文章，也沒所謂了，反正學校如是，社會亦如是。

　　中六上課的第一天，琛忠返回課室，好像甚麼也沒變過，看來都是熟悉的面孔，Hi、Hello幾句後，跟往年一樣，走到課室左面近窗口的最後一個座位。但在那幾秒的步程中，總覺得有點不對勁，直至坐了下來，再看看早已經坐在另一邊的國雄，他沒說甚麼，只看到那把熟悉的海鷗型髮式上下搖曳，還不斷給琛忠

打眼色，示意他往回看，這時才發現，琛忠的前座多了一個新的長髮背影。

最初琛忠經過她的身邊，以為是李曉同，因為她只顧低頭玩著手機，後來才知道她就是傳聞中的轉校生——徐雯。

每天早上八時至十一時半，陽光會照進大半個課室，並由右面一直向左縮少照射範圍。一般來說，如果沒有同學介意在陽光下上課，都不會有人主動拉下百葉簾。開學的最初三個月，琛忠沒有認真看過徐雯的臉，她給琛忠的第一個亦是最深刻的印象，就只有那把長髮的背影，還有陽光下的那塊三七面的呆樣子，有時還會微微扭著頭，看著窗外的街景，感覺神祕、沉默……有點古怪。

或者就是這塊三七面吸引著國雄，在那三個月中，他不斷向琛忠更新與徐雯的對話內容，由試探、挫敗、了解和希望中的一句一言，琛忠好像變成了他的戀愛專家，在言談中被迫同時更新對徐雯的喜惡和習慣，就連她星期一至五晚上七時要替人補習，十時半敷面膜、十一時前要睡覺、周六日下午兩時做gym、晚上在媽媽的公司裏幫忙處理文件等瑣事，琛忠也一清二楚。說是「被迫」一點也不為過，國雄就是那種愛說話、不會掩飾的那一種人，既然他希望徐雯成為他的第n代女神，琛忠是他的好朋友，當然亦會全力配合，替他分憂解愁。不過，對於從來沒有戀愛經驗的琛忠來說，不知怎的卻被迫做了戀愛顧問，還被迫得悉徐雯的身世。

從國雄的口中得知，徐雯的爸爸兩年前戀上公司一位女同事

後便離婚，由媽媽獨力照顧三名女兒，徐雯就是當中的大家姐。由於贍養費加上媽媽的薪金不足以應付租金，所以去年開始舉家搬到一間頂層連天台的舊式單位，亦因此轉校到此做了今年學校唯一的插班生。

　　徐雯的學業成績不算突出，但強項是英文科，尤其是英文會話，每次聽到她在課堂上講英語都是一種享受，如果她背後的一頭黑髮換上金色，還以為自己在外國遊學。同是姓徐的英文老師特別關注她，但她似乎不太在意能否考上大學，因為徐雯只想儘快完成學業，儘快去找工作以減輕家庭負擔。家庭背景培養出她獨立的個性，而且不只是個性獨立，連財政也相當獨立，正如國雄每次約會徐雯，她都要求ＡＡ制，互不拖欠，國雄就是喜歡她這樣，追求她的決心變得更大。

　　三個月後，如願以償，他們開始蜜運中，琛忠也替這位死黨高興。

　　真的替她們高興。

　　在開學的首三個月裏，雖然談不上是交惡，但徐雯與班中其他同學都甚少交談，彼此一直沒有主動互相認識，加上喜歡搞小圈子的少女Ｂ班不愁沒有伴，每逢小息、體育課、午飯到放學，在沒有國雄同場的時候，琛忠總是看到徐雯孤獨的背面，唯獨細心隨和的曉同願意主動跟她聊天，而琛忠相信徐雯似乎也挺喜歡曉同，因為只有在她們走在一起的時候，才看到徐雯難得舒展的笑容。

的確，自從徐雯與國雄在一起的時候，琛忠看不見前者有任何改變，滿以為她找到了另一半，可以開懷一點，歡容一點，笑容亦可多一點，但事實是（最少表面上）沒有啥改變。她的髮型依舊，態度依舊，臉上亦依舊沒有甚麼表情……或者琛忠一直沒有留意過她的臉，才沒有發現。對國雄來說，他本人卻改變了不少，他跟琛忠的說話一樣多，但與徐雯一起的時候便好像變了另一個人，再沒有以往那種攬腰互吻，粗獷不羈的拍拖習性，最「過分」的就只是在一次生日聚會中，看到他們一起坐在沙發上，當時國雄好像喝多了兩杯，繼而輕搭在徐雯的肩膊上，展露出很久沒有見過的輕佻感覺，而徐雯亦很樂意配合，依偎在他的懷中一起暢飲。

　　琛忠不太認識徐雯，但他認識的國雄並不是這樣。國雄已經不如其名，那種昔日的雄風已逝，真正雄風不再。還以為笑他雄風不再，他一定會如常反擊，但今次他只是以單字回應，不是粗言，只是一聲嘆氣，這似乎比廿字粗口更能概括他最近的不快。很久沒有聽過他所謂的愛情觀，但琛忠還是第一次感受到他在情場遇上的挫折和無奈感。

　　「這個徐雯，真的很難搞。」國雄咬著雙層芝士孖堡，雙眼沒焦點的盯著前方。

　　「難搞你也搞定了。」琛忠咬過一啖漢堡包，一面看著雙目無神的國雄。

　　「表面上我搞定了，其實我沒有，我跟她……好像甚麼都不是。」

　　「甚麼甚麼都不是？你是雄，她是雌，雌雄同體……就好像你這個雙層芝士孖堡中的兩塊牛肉，簡直就是絕配。」琛忠知道這個比喻爛到不堪，但一時三刻實在想不到任何的安慰話，國雄也聽慣了他這些所謂笑話，例牌苦笑了一下，續說：

　　「雙層牛肉？絕配？或者是吧，但我們之間就好像隔了那塊芝士一樣，我以為已經把它溶化了，就可以雌雄同體，但事實是，兩塊牛肉之間，依然隔著那層溶不掉的芝士！」

　　琛忠慶幸國雄的腦袋沒有因為這段戀情而失靈，轉數依舊。

　　「那下次你叫雙層芝士孖寶走芝士，不就搞定了嗎？」

　　「雙層芝士孖寶走芝士就不是雙層芝士孖寶，你最近是否欠揍？」國雄似乎回過了神，而琛忠也很久沒有看過他臉上那塊討揍的搞笑表情。

　　其實，他們也明白，感情問題只有當事人才可以解決得到。國雄選擇向琛忠吐苦水，同樣沒有想過他可以提出一條驚天動地的絕橋，讓他排難解憂，但大家只要是好朋友，僅需要一個願講，另一個願聽，整件事情已經十分圓滿。

　　對於國雄與徐雯的問題，琛忠沒有太在意……也在意不了，徐雯是他的人，而國雄亦是愛情老骨，大抵平日聽聽他的怨言已經足夠。現階段在意的，反而是期考前的大型project。

　　琛忠雖然喜歡林sir的中文課，兩人亦師亦友，但就是這種諗熟的關係，他們在課堂上會經常互說對方的不是。就如一次林sir不能按時批改測驗卷後向學生道歉：

「最近我實在太累，十分抱歉，下星期，下星期一定改好測驗卷給大家。」

「既然太累又何必測驗辛苦自己呢？以後做其他功課不就可以了嗎？」琛忠只是喃喃自語，卻讓林sir聽到。雖然琛忠知道林sir看著自己成績一向優異的份上，不會作出嚴厲的懲罰，不過以林sir的性格，又絕不會罷休。不一會，他便說：

「阿忠忠同學（自中一開始林sir聽過有同學叫琛忠做「忠忠」之後，這六年間便經常以這個討厭的名字取笑琛忠）提醒了我，期考之前需要大家交一份group project。你們四人一組，題目是：『九十年代的社會道德與倫理的改變如何影響新生代』，最少手寫五萬字，記得不要在網上抄襲，限期為下個月的今日，請大家努力。」

說罷，班上每一個同學都怒視著琛忠，他只好縮一縮肩膊，一副無奈的表情回敬，而林sir亦以一個勝利者的姿態笑看著琛忠。那種被世人唾棄夾雜嘲諷的感覺，大概就是如此。

小息的鐘聲響起，大家都忙著找人分組，至於琛忠，幸好班中還剩下三位好朋友：國雄、曉同和徐雯，在沒有選擇的情況下，就這樣編為一組，他們相約在往後的四個星期六去到徐雯家中做好這份論文。

選擇在徐雯家中做集合地點，不是因為她住的地方特別大，而是因為逢星期六的下午，只有她的家裏沒有人。徐雯的媽媽會在公司工作，兩個妹妹不是在補習社補習，就是到西營盤與獨居

的婆婆吃晚飯。

這是琛忠第一次來到徐雯的家。這裏沒有特別的裝潢，沒有偶像海報，也沒有想像中的少女感覺。他們沿著樓梯直上，打開了一度扇門，眼前是開揚的景觀，雖然這幢房子不是同區最高，但也可以遙望青馬大橋，坐在白色的膠桌椅上，拉好遮光簾，就是一個很好的聚腳地方。他們對這裏都讚不絕口，徐雯似乎也比平日說多了話：

「我也很喜歡這裏，尤其是夜晚，雖然風有點猛，但我就是喜歡這裏。」

她剛做完運動，精神奕奕地開始研究論文的可塑內容。當然，討論功課只是佔那幾小時中的幾分鐘，其餘時間都是吃喝玩樂，他們一面談論前幾天在中史課時發生的「肥婆玲放屁事件」，一面討論Miss Leung在放學後上了李sir的前七的「疑似偷情事件」，間中亦會互相了解一下對方的家庭狀況，可能是因為琛忠、國雄和曉同相識已多年，徐雯即使是新加入，氣氛也沒有半點違和。

涼風吹動著徐雯難得一見的小辮子，運動過後的臉龐白裏透紅，還殘留著一點滴的汗水，左臉上有一粒小墨痣，不過間中會突然消失，因為它會被負責淺笑的肌肉翻蓋下去。兩片嘴唇的厚度相若，琛忠還是第一次看到如此深坑的唇紋，身體沒有多餘的脂肪，他有時會被那件純白Tee晃動而產生的摺痕吸引著，直至那一刻琛忠和徐雯的眼神接觸，他才發現，這是自己第一次面對面看著徐雯。

由熟悉的背影至陌生的臉龐，相隔了半年。

琛忠心裏還是十分感謝林sir，因為沒有他，他們可能永遠都不會如此靠近，更不會長時間面對面談東談西，了解一下大家的不同面貌，認識一下彼此的內心世界。琛忠再不用透過別人的口中認識徐雯，而是可以親耳聽到她的心聲和想法，更重要的是琛忠發現國雄與徐雯之間的感情，不是國雄口中說的那麼不濟，他們在琛忠和曉同面前，有時還會親親雙唇，坐下來時亦會雙手緊扣，表現親暱。

但另一邊廂，平日嘻嘻哈哈的曉同卻沉默了不少，尤其是面對著徐雯和國雄糖黐豆的畫面，眼神和行為更會顯得刻意迴避。直至她和琛忠走到樓下的廚房拿汽水的時候，琛忠才有機會跟曉同談一談。

「妳沒甚麼吧？怎麼整天這樣沉默，是否發生了甚麼事情？來，給我抱抱便好了……」

他們自中一的時候已經相識，十分熟絡。每次琛忠看到曉同不開心的時候，都會主動關心著對方，而琛忠最後一句完場的說話，往往就是那句：「來，給我抱抱便好了……」然後便會趨前假裝要攬抱曉同，這時候，曉同便會被逗得一面迴避，一面笑得合不攏嘴。

但這一次，只聽到曉同說：「神經病……正蠢材！」

曉同也會辭窮？為甚麼她用了兩個意思與程度相若的罵人語？

琛忠當然不會放過任何嘲笑曉同的機會：「『神經病』與

『蠢材』有甚麼分別？」

　　曉同幾近給氣死，然後循例一個右直拳打過來，琛忠當然亦會循例用左手捉住她的拳頭，然後伸直，讓自己與她保持兩隻手的距離，即使她的左手和雙腳如何亂舞狂發也不能動自己分毫……曉同就是這樣，性格簡簡單單，思想簡簡單單，就連每次發脾氣的動作也是簡簡單單。

　　「王八蛋！不要阻我拿汽水！」

　　「汽水還是我拿吧，妳先上去……我會拿多一點冰塊給妳下火。」

　　琛忠不知道曉同在發甚麼脾氣。雖然以女孩子來說，她發脾氣的頻率不算高，但既然琛忠問候過她，她還罵自己神經病、蠢材和王八蛋之類，琛忠也沒有糾纏的必要，她想說的，自然會跟自己說。

　　以這個表面是討論會，其實是飲食大會的進度，也會料到這份論文的發展只會在死線前最後一日才能夠完成。

　　到了第四個星期六，雖然已經搜集了不少資料和圖片，但初稿的字數就只得那可憐的三千字，兩日後便要交了，更糟糕的是，國雄要在當晚才能到達徐雯的家中，而曉同更加患了重感冒，需要留在家中休息，今天的下午，就只剩下琛忠跟徐雯全力衝刺。

　　琛忠沒有緊張，真的……沒有甚麼好緊張。

　　原來沒有口若懸河的國雄，加上平日最懂得搞氣氛的曉同

在一起，場面可以如此冷清。徐雯坐在琛忠的右面，在鍵盤上打過不停，琛忠拿著鋼筆不停在寫寫寫，這個時候，琛忠聽到的，就只有清勁的風聲，鍵盤的敲打聲，以及凳腳與地板磨擦的刮地聲……差不多一小時了，終於輪到人聲。

「你覺得我如何？」

當時琛忠專注於執筆，而且風勢實在有點大，聽得不太清楚。

「甚麼如何？」琛忠繼續埋頭苦寫。

「你覺得我如何？」徐雯以相同的音量和語調毫不猶疑地再問。

琛忠曾經拿下校內毛筆書法比賽第三名，自問字體不俗，但聽罷這句，寫字的節奏突然給打亂，家長罵小孩寫字龍飛鳳舞大概就是琛忠寫的那行字。這是因為心跳突然加速，情緒控制不了，自然也影響了字體。

他立時定個神，減慢了寫字速度，再扮作氣定神閒的答道：

「有點神祕，有點古怪……還有點美。」

這都是琛忠的心底話，沒有花言，但徐雯聽後立時雙手掩臉，還笑到向後靠椅，而且持續了數秒。琛忠看著她，眼前的徐雯就好像變了另一個人，他從沒有看過徐雯如此開懷過，而且看得出這是一種出自內心的釋放。

「有甚麼好笑？」琛忠嘗試用帶點孩子氣的問題，壓制著面前那個不熟悉的徐雯的氣燄。

「我只是覺得很好笑，沒有其他原因……」

她好像沒有停下來的跡象，而且愈笑愈烈，眼見徐雯開始人仰凳翻，琛忠立刻趨前，在她傾後的一瞬間托著椅背，以防她來個倒樹蔥。就在這個時候，兩人的姿勢就好像華爾茲的最後探戈，女方拗腰向後傾，男方單手托著她的纖腰，就這樣臉對著臉，呆望著對方2.5秒……琛忠隨即用力一托，徐雯的雙腳也很快安全回到地面。

往後，他們沉寂了數分鐘。

剛才千鈞一髮帶來的驚嚇感，早已被那2.5秒的心動掩蓋下去，那瞬間沒有發生過任何事情，但一切已經變得不一樣。

他們都放慢了動作，徐雯手下的鍵盤聲沒有剛才的頻密，琛忠的筆下也回復到正常的字體，只是速度亦慢了下來。沒多久，徐雯站了起來，抬高了頭，一步一步地走到天台盡處的玻璃圍欄前，雖然是一個很熟悉的背景，但不知怎的，琛忠有一種不安的感覺。他放下了筆，跟她走到圍欄前。他們的雙手都倚在玻璃圍欄上，風依舊勁吹，琛忠站在徐雯的身旁，再次看到她沒有焦點的呆望。

「其實我很怕。」她終於開口。

「怕甚麼？」琛忠問。

「我很怕相信人，尤其是相信另一半對自己的感情。」徐雯迎著風，束起的長髮在左右晃動。

「妳不要看國雄好像吊兒郎當，其實他很專一，當他認定了

對方，便不希望有任何改變。」不是為他說好話，琛忠只是在說實話。

「我知道，但有誰可以保證將來他不會改變？」徐雯好像已經深思了這個問題良久。

「我保證。」

「怎樣保證？……日後如果他離棄了我，難道你可以把我贖回嗎？」

琛忠沒有回答。他慢慢低下了頭，視線由遠處的大橋瞬間縮窄到對面的大廈，片刻，再墮落至大廈旁的街道，路人熙來攘往，但一個也看不清楚，琛忠不得不把站立和呼吸的力氣都用來思考她這個突如其來的問題。

他們沉默了很久，琛忠突然聽不見任何聲音，風也好像靜止了一樣，傳來的只有徐雯一雙赤腳擦動著地面的聲音。那對扎實而修長的雙腿十分皙白，只有定期做運動的女孩子才會擁有，繼而就是那條給磨蝕了的淺藍色牛仔短褲，讓腿間的曲線展現一種極致的流線美。

這些身體部位逐一進入了琛忠低頭已久的視線範圍，他感覺到臉頰正在不斷升溫，同時間，皮膚已經感受到由徐雯帶來的呼吸氣流，他知道，只要臉頰稍微向她傾向，自己的上半生甚至下半世可能就此改寫。

「對不起，我遲了！」

國雄推開了天台的扇門，喘著氣大聲嚷著。

　　他看來甚麼也沒有看見，只是因為拿著兩袋汽水和零食，還要一口氣跑上二十多級樓梯後，有點上氣不接下氣而已。琛忠下意識或者已經準備轉向，只是那一刻面向的，不是徐雯，而是突然出現的國雄。

　　「……今晚請我們吃飯就饒你。」琛忠隨便地打了完場。

　　琛忠走到桌子旁邊，哆啦哆啦開了一包由國雄帶來的薯片，大執大執地塞到口裏，這時候，琛忠才好像恢復了元氣，回到現實世界裏，他看著國雄輕輕地吻了徐雯，徐雯也笑了。

　　她笑了，及後，再沒有一絲表情。

　　已記不起那份四人合作的論文成績是如何，只記得當學期完了，國雄與徐雯也完了。

　　聽曉同說，徐雯的媽媽患了癌病，需要長期臥床，家庭再次失去了支柱，徐雯亦決定暫時輟學，一方面可以照顧媽媽，也可承繼她的業務，減輕家庭開支，好讓兩個妹妹繼續學業……這都是琛忠從曉同口中才能得知的消息。自從中學畢業之後，大家便各散東西，曉同入讀了護士學校，琛忠順理成章地進了教育學院，至於國雄則選擇了在一間基金投資公司工作。琛忠實在替他高興，他似乎選對了職業，因為只是短短四年間，他已經替公司賺了超過兩億元，自己也穩袋了幾千萬云云，頭上那隻海鷗髮式造型早已經變成了金絲雀，酒吧外的名車是最新型號。

　　就只是四年，國雄無論是外表或是親吻過的女人，沒有一次是相同的，他說這是自己的努力換來，琛忠也承認，他的確付出

了很多，相比感情，那些螢幕上的數字顯得「公平」得多。國雄經常對琛忠說，只要付出，不計多少，總會有收穫，如果連帶運氣，收穫更會超乎想像。不知道國雄是否經歷過徐雯的傷痛後，就連愛情觀也變得令人摸不著頭腦，他跟琛忠發表過不同的愛情偉論，其中一個就是說：「只要有錢，就會有女人，只要跟不同的女人相處，就一定會找到一個最喜歡的，找到所謂真愛。」

琛忠時常問自己，究竟是甚麼令國雄對愛情觀變得如此偏激？是徐雯？抑或自己？

一天晚上，國雄相約琛忠在老地方等，滿以為又是新髮型、新型號跑車中出現新的女伴，結果統統都不是。

他沒有以往那種氣燄。坐下來後，酒吧侍應拿了專屬他的威士忌，琛忠開始有點擔心。

「沒事吧？工作出了問題？」

他微微搖著頭，卻沒有抬起來。

「除了金錢，我想我也可以幫忙的。」

他依舊垂著頭，隱約聽到：「我是否很自私？」

話題怎麼轉得那麼遠？琛忠打趣地說：「自私？你當然自私。但由我們第一天相識開始，我已經知道你十分自私。你想想，由中學開始到現在，你的女伴數到腳趾也數不完，如果你肯傳授一點點追女祕笈給我，我今天便不會孤家寡人……」琛忠想緩和國雄那條問題帶來的沉重氣氛，但國雄明顯沒有領情。

　　兩人久久沒有說過半句話，只有酒吧播放著的爵士音樂作陪襯。

　　國雄依舊垂著頭。

　　「徐雯死了。」

　　「……這個笑話不太好笑。」

　　「是自殺，聽說她從家中的天台，跳了下去。」

　　「……我……替你難過，我知道你還……」

　　國雄猛然跳了起來，走到早已呆著的琛忠前面，雙手拉起了他的襯衣，把他整個人都扯了起來。

　　「為甚麼你還可以這樣冷靜？看來要我揍你至見血，才可以知道你是不是冷血！」

　　其中一位侍應見狀，立即走了過來，琛忠連番跟他示意「沒事，沒事」，然後跟國雄說：「上去談吧，吹吹風，大家也可以冷靜一點。」

　　國雄一直盯著琛忠，二話不說，猛然放下了雙手，氣沖沖地走上了樓梯。雖然酒吧環境昏暗，但國雄那股蠻力衝擊琛忠胸口的一刻，他清楚地感受到對方的怒意，也感受到由對方傳來的悲痛。

　　十年了，琛忠從未看過國雄這樣難過。

　　他們都喜歡這間酒吧，就是喜歡這個連天台的設計，如果不是熟客，根本不會知道這裏有著一個可以看到海景的隱世天台，

最重要是每次上來都有清風迎賓，亦只有這裏，他們可以無所不談。

國雄似乎冷靜了下來。琛忠很久沒有看過他這樣激動過，上一次已經是在中二年級的時候。國雄替琛忠在旺角一間電子遊戲機舖內擺平了三個問他索取保護費的少年，雖然那三個少年最後真的被他踢飛了，但代價就是在事後被店東喝罵，並警告他們不要再踏足她的遊戲機舖半步，否則報警云云。這件「冤案」，他們經常掛在口邊，縱使琛忠時常對國雄說當時自己可以應付得來，但心裏仍然十分感激他，也從此認定國雄是自己可倚靠和信任的好朋友。

「好了，究竟發生了甚麼事？你可不可以平心靜氣地跟我說一遍？」

國雄沒有回答，只是雙唇緊閉，微震，仰頭向天，盡量不想讓淚水從兩邊流下。

他沉寂了良久，呼了一口長氣，終於壓得住淚水。

「徐雯離開我的那一年之後，她認識了另一個男人，聽說是她媽媽舊時的合作夥伴，那個男人對她很好，不只是幫助她的公司渡過了難關，還經常跟徐雯去醫院探望媽媽。媽媽過身的時候，也時常陪伴在側，不斷給予鼓勵和安慰。她跟我說過，如果沒有這個男人，她根本撐不過去，順理成章，她們開始交往。在這段期間，雖然我和她很少見面，但也會偶然相聚，那時候看見她，真的與我們在學校看見的徐雯完全不一樣，剪短了長髮，臉

上多了笑容，我們每次相處的時間只是兩三小時，但我感受到這個女人終於找對了人，因為那個男人，她改變了，而且看起來還挺幸福。坦白說，每次看到她離開的背影，我都感到很安慰……也很不捨，我知道，她找到了幸福，我也應該去找我的幸福，這才是最理想的結局。」

自從徐雯跟國雄分手，琛忠已經再沒有與徐雯聯絡，所以，他還是第一次知道徐雯找到了幸福，替她高興……當然替她高興，因為知道她從此改變了，而且變得更好。琛忠想的只有這些，好像她仍然留在自己的心中，過著幸福少奶奶的生活。

國雄續說：「記得有一次，我們相約在距離中學不遠的一間新開張的咖啡店裏，她看著舊校，指著那間被太陽照射著的班房，喜上眉梢，說：『看！我們那間班房到現在都是這樣子。』我說那班房一定是學校最熱的班房，位處頂樓，下午又這樣曬著，夏天只是靠那四把風扇，想回來也覺得難受。」

她笑說：「對，我讀過幾間學校，這間算是最難受的一間，但也是我讀得最開心的一間，這間學校的窗外景色最開揚，所以我經常看窗發呆。說實話，我看窗的同時，其實也時常在偷望琛忠……哎吔，怎麼我會說出來？你答應我不要跟其他人說啊。」

很明顯，國雄沉醉在那個相聚時刻，之前的怒意、悲傷都暫時消失了，換來的是嘴角間的淺笑。

但當琛忠知道徐雯這樣說，他突然心裏一沉。

國雄沒有在意他的表情，只是仍然沉醉著與徐雯的對話中。

「其實你一早已經喜歡琛忠，對吧？」

徐雯有點尷尬，沒想過國雄會說出來。

「喜歡？……喜歡，應該是比喜歡更深一層，但要說是愛，又不算愛，我倆從未開始……對不起，那時候我沒有理會你的感受。」

「不不不，這是我的問題，其實我很早已經知道妳不愛我，但當時管著要臉逞強，硬是要對妳死纏難打。說真的，我真的要感謝當時的妳願意『收留』我，因為直至遇上妳，我才認識甚麼叫愛。」

國雄繼續回憶。

「記得那時候我們要一起做那份中文論文嗎？甚麼九十年代道德新生代，五萬字，如果沒有琛忠和妳，我和曉同肯定完成不了，當時我還在妳舊居的天台，看到妳與琛忠……」

「……你看到了？」

「嗯，那個傍晚我抱著一大袋薯片和汽水，想靜悄悄上來給妳們驚喜，然後看到妳們站在天台那邊，我停住了腳步，偷聽到琛忠說我很專一，妳問琛忠可否把自己贖回等說話，那時候，我也不願意相信妳喜歡他，直至妳慢慢轉身靠向他的身邊，才肯定了我一直以來的感覺，就是妳喜歡的不是我。那一刻，我很矛盾，因為只要多等一會，琛忠便會吻向妳，妳們便可以在一起了，那個呆子也可以嘗試他一直渴求的戀愛滋味，但……我很自私，我不想眼白白失去妳。在朋友和愛情之間，我選擇了後者，

我用力推開了門，佯裝喘著氣般跑上來，放下那沉重的袋子，二話不說便走向妳，吻妳，那是宣示主權又好，希望令妳清醒一點也好，因為我真的不知道可以再做甚麼，令妳愛我。」

「對不起。」

「不，妳沒有對我不起，是我令妳和琛忠無法走在一起。現在，每次看到他總是孤家寡人，我的心便會很不安樂，覺得是我拆散了你們。」

「國雄，你真的很善良，我沒有後悔與你一起。」

這是國雄最後一次與徐雯的對話。

國雄笑著，這個笑容好像在哪時候見過……是徐雯，當時的徐雯，她在那個時候，給國雄突如其來的一吻，徐雯笑了，除此之外，沒有一絲表情。

天台，當時她就在天台。

國雄停了片刻，繼續說：「那個男人，我在徐雯的手機上看見的第一眼，就覺得他不是甚麼好東西，但既然是她的選擇，而徐雯的確因為這個男人變了，變得豁達開懷，我就想自己大概只是妒忌罷了。以前，因為徐雯喜歡你，我妒忌你，令你們不能夠在一起，我已經很自責，我總不能再錯多一次，於是半掩著良心，鼓勵徐雯要一直與那個男人幸福地生活下去云云。直至有一天，徐雯留下了一段訊息給我。」

他從褲袋裏拿出了手提電話，電話的強光清楚照射著那副滄桑的面容。他按了按，遞了給琛忠，上面寫道：

「我以為他可以贖回自己，但昨天我才發現自己做了別人的第三者，原來報應可以是十倍奉還。累了，真的很累了……對不起。」

琛忠的手指一直往下掃，只是看到國雄的留言，但徐雯一個也沒有回覆。

「你有去過找她嗎？」琛忠問。

「有，我留了很多訊息給她，但她一個也沒有回覆，我決定前去找她，結果看到的，就只有救傷車……」

國雄再也忍不住淚水，琛忠上前試著拍打他的肩背以示安慰。

他一手推開琛忠，就連手上的電話也被拋在地上，但國雄一點也不在乎。

「我知道你的！你為了我，不想跟我爭，我明白的！但之後我們已經分開了，為甚麼你還是不肯贖回她？我感覺到，她還是很喜歡你，但你仍然這樣狠心無情，讓她顛沛流離。她要的只是真愛，你都一樣，不是嗎？我每次叫你出來吃飯也會答應，但當我說徐雯也會一起來的時候，你便會找藉口說沒有空，跟我說著要加班、約了別人那些門面話。怎麼了？她欠你甚麼？你又欠她甚麼？你不是欠揍是甚麼……」

國雄的揮拳實在狠，由左臉頰的顎骨傳到整個頭顱的震動，令琛忠的眼鏡也變形飛脫，他應聲倒地，聽到手膝部位的衣服被撕裂，很快也嘗到了從鼻子流下來的鮮血味道。風繼續強勁的吹，他感到有點暈眩，傷口有點微涼。

　　琛忠沒有想過要回敬那一拳，他伏在原地，血繼續在臉上往下流，但琛忠沒有感到一絲痛楚，完全感覺不到。

　　琛忠在想，或許國雄說得對，自己果然是冷血無情。

　　琛忠知道國雄與徐雯分了手後，國雄仍然很愛她，這點琛忠是可以肯定的，因為他從來沒看過國雄如此著緊一個女人。即使分開了，國雄依舊惦念著她，四年了，就算看見他身邊每天抱著的女人都不相同，琛忠還是敢肯定，國雄願意放棄所有，贖回徐雯。

　　琛忠明白，即使自己與徐雯在一起，但國雄最愛的還是徐雯，這是琛忠最不想看到的畫面。

　　是琛忠偉大嗎？

　　琛忠沒有爭取去愛，後悔不去愛，最後失去了愛；徐雯沒有得到愛，她同樣失去了愛，更因為對愛失去了信心，同時失去了自己；國雄除了失去徐雯的愛，更失去了徐雯，悲痛之情至今仍難以療癒。

　　最初，琛忠的確覺得自己很偉大，以為看透了一切，認為自己的決定對所有人都是最好，但眼前的結果，卻是令所有人也悲慟至極。

　　暈眩之中，琛忠慢慢抬起頭來，他已看不見國雄，卻看到在天台盡處的玻璃圍欄前一個熟悉的背影：大風吹拂著她的長髮，就像那時候在天台上看到徐雯的情景一樣。

　　琛忠呆了，他想站起來，阻止事情的發生，但他甚麼也做不

到，他想說：「不要，不要。」卻開不了聲。

琛忠喘著氣，淚水稀釋了半凝的血軌，隨著呼吸的擺動，一滴一滴淌在地上。

冷風狠勁地打著他紅腫了的臉。

不知過了多久，血和淚都給凝乾。這時，琛忠隱約看到在漆黑的夜空中再次飄起了那把長髮，她沒有再倚著天台的盡處，而是轉身走到自己的身邊，臉上是那副與十年前一樣親切而溫暖的笑容。

她慢慢地蹲了下來，抱著冰冷和孤單的琛忠，說：「來，給我抱抱便好了。」

第二篇

妒忌

兩人都是單眼皮，髮至胳膊，白皙的皮膚，身型瘦削，背看似兩姊妹，前看就似登對的戀人。

只是「似」而已。

周諾怡，沒有吸引的外表，卻有著一種獨特的強勢。有主見，有目標，善於分析，凡事都會據理力爭，對於不公平的事情的容忍度頗低，加上夾雜著一副純正的美國口音，只有熟悉她的人，才不會視她為高傲的滋事分子。

或許許子恆確是被她的這種「強勢」吸引，但真正令他臣服，卻是她的傻氣與妒忌心。記得在一次宿營中，她找到了其中一位同學的色情雜誌，看了看就不屑地對著子恆說：「這有甚麼好看？她們有的，我也有。」完全明白，這也是事實，大家都是女性，她們有的，諾怡當然也會有，問題是有還有，當中卻有著很大的「差別」。子恆聽罷，便笑得合不上嘴，諾怡知道自己說了傻話，又看到子恆一副忍唆不禁的樣子，雪白的臉龐頓時通紅，並罕有地撒起嬌來。

那時，他們已經在一起半年了，但這種關係大概只有他們才知道。

他們同在一間大學讀書，諾怡修讀英文，子恆修讀設計。在最後一年的大學生涯中，卻在共同選修的GPE（全球政治經濟學）課堂中相遇，風馬牛不相及，除了是用來形容他們的巧遇，也是用來形容他們的關係。

每星期上三節課，每課一小時，諾怡總是喜歡坐在講堂裏

的第一行，而子恆則經常選擇最後排右邊的一角桌椅。他的枱面是Dr.張正在提及的筆記，但只要翻閱一下，那些中文字、英文字、數字、標點、段落，甚至圖表、參考圖片等，無一不成為他的引申作品。在他一疊疊的「參考資料」中，最吸引、構圖最複雜的是每個Chapter的開頁，因為空間最多，也由於字體、大小變化較多，令他的創意得到舒展，有時他會用密集的線條把大題與文字巧妙連結，成為一小幅抽象的風景畫；有時段落與段落之間會聯結成對稱、精細的大廈，燈光、床鋪、露台，沒有特定的主題，也沒有特定的意思，只是依據每一頁的文字、圖表等來想像、繪畫，有點似藝術家Doodle與Katy Ann Gilmore作品的混合體。

直至認識了諾怡，子恆的畫風依舊，但主題開始起了變化。雖然都是以黑色原子筆繪畫的線條和圖案，但只要細心留意，硬朗、筆直、帶點冰冷的圖案開始出現了變化，陽光、露水、笑容，甚至一張張熟悉的女孩子臉兒，有時會被放在段尾，有時則隱藏在頁碼附近。

子恆一面看著諾怡，一面在筆記上繪畫。

在教授眼中，他是一個很喜歡抄筆記的學生，而在諾怡的眼中，他卻是一個經常與她有眼神交流的同班同學。

直至有一次，子恆如常地走進講堂，發現第一行的那張桌椅空空如也，他一直低著頭，心裏一直想著諾怡今天缺課的原因：「她忘記了今天有課堂嗎？還是生病了？如果，我是說如果，如果我待會向她問候會不會很唐突？還是……」，他一直沿著梯

級，低著頭向上走到他慣常坐的座位。

「嗨！」

就是平日畫的那副笑得像月半彎般的眼睛和嘴臉，出現在子恆慣常坐的座位上。

「妳……沒有病罷？」其實子恆是真心想問候諾怡，但他的用字明顯沒有半點關心的意思。

「怎麼了？一見面就問我有沒有病，你怪我坐了你的座位嗎？好吧，讓回給你，小氣鬼！」

「不，不，我不是這個意思，剛才我經過你的座位，發現妳沒來上課，只是擔心妳是否因病缺席罷了，我是真心想問候妳的。」

諾怡重新展現那月半彎式的微笑，彼此沉靜了片刻，諾怡知道子恆腦袋轉得比自己慢，索性主動打開新的話匣子。

「我今天忘記了帶筆記，這課堂可以一起看嗎？」

「可以……呀，不可以！」

「又怎麼了？究竟可以還是不可以？」

Dr.張走進了講堂，在開動米高峰前已在講台前叫著：「好了，同學們坐好，現在開始講課了。」

子恆無奈地坐在諾怡鄰座，從布袋中拿出了一疊筆記，放在他們中間。最初，諾怡看到了這份所謂筆記，只看到一些抽象的圖案、線條，幾乎完全看不到文字，還想開始責怪子恆只顧畫

圖，不好好上課，但相隔了一會，她翻開了一頁，另一頁，再一頁，這時，子恆看到諾怡的臉兒，明顯地耳朵都通紅了起來，他還以為自己的心意被看穿，直至諾怡翻到了新的課程章節：「第二章：新現實主義」，他才放下心頭大石，看來諾怡沒有發現筆記中的畫像，就是她自己。

沒過多久，就在Dr.張背著學生在黑板上開始寫著「新現實主義」論點的一刻，諾怡雙手按在子恆的大腿，借力一吻，吻在他的臉頰上。雙唇停留了2.5秒後，她回過身子，洋洋如平常般看著Dr.張，過程沒有被任何人發現。

世界就這樣停頓了。

子恆頓時也變得臉紅耳熱，他呆了一會，定下神後，看到剛才彷彿靜止下來的Dr.張回復了在黑板唸寫的動作，至於坐在隔鄰的諾怡，雙眼凝神地看著黑板上的字句，其他同學則依舊在看電話、做兼職、交頭接耳。

那一吻，是真的嗎？子恆甚至懷疑自己是否患了妄想症。

諾怡在Dr.張繼續埋頭苦幹之際，她回頭看一看子恆，右手蓋著嘴巴一面笑，左手則替子恆抹掉剛才在臉上留下的唇印。

原來那是真實的一刻，也是最難忘的一刻。

地下情？他們不在乎這些。雖然沒有太多的戀愛經驗，但彼此都明白，兩人開始戀愛，總是離不開甜蜜和遷就，到了感情穩定下來，才是真正的考驗。而且剛踏進二十歲的情侶，哪會想得這麼周密和長遠？難得雙方那片刻的感覺可以同時湧至，而就在

那一刻，性格一向被動的子恆，如今可以把情感由平面的筆觸轉化為立體的觸覺，心裏實在感到一份天賜的幸福。所以，哪管這份情是地上抑或地下，兩人就是有著這一份默契，對此亦沒有任何怨言。

諾怡和子恆在學校各有屬於自己的朋友圈。諾怡的身邊有一位要好的朋友——王詩雅，她們的性格同樣「豪邁」，不拘小節，而其他幾個都是男性朋友，他們都有固定的女伴，各自都有著理想和計畫，在課堂裏成為了一個較大的朋友圈，所以平時的 group project，他們都會聚首一堂，合作完成，而在假期期間，也不時搞活動，感情要好。

至於子恆，他近乎自閉的性格，看似在班中會被冷落，但諾怡從來沒有這個考量。子恆在學校裏可以說是一張百搭牌，不要看他經常坐在一角便覺得他沒有朋友，班中絕大部分同學其實都對他「很有興趣」，更加不排除當中有暗戀他的對象。子恆不是刻意裝扮孤獨，故弄玄虛，藉此來吸引別人，而是他的性格真的近乎孤僻，或者就是這種真性情，卻為他帶來好的人緣。事實上，每個跟他熟絡後的同學都會發覺，子恆並不是刻意把自己關起來，只是不想主動與別人結識而已，但是，當別人採取主動，他卻會表現得像另一個人，平易近人、幽默風趣，別人總會覺得自己認識了子恆之後，猶如發掘了一個新的寶庫，充滿驚喜和新鮮感，這也是諾怡喜歡子恆其中一個原因。

子恆普遍是以這種方式待人，待諾怡如是，待其他人也如是，無分性別和性格，喜歡的就喜歡，不喜歡的他也懶得去理

會。在新學期過了半年後，子恆也有了固定的朋友圈，這班同學傾向感性，當中更有不少是戀愛大過天，以拍拖為首要目標的同學，認識子恆後可謂一拍即合，他們同樣會一起做group project，平日也會一起吃喝玩樂，甚至流行了互通書信的這種原始玩意。

諾怡把這一切都看在眼裏，她看來沒有半點動搖，一切表現得像平日一樣。

他們每天都渴望在下課後相見，渴望可以互相倚偎在海傍、戲院、書房、被窩……

上課時，諾怡照舊坐在前排、貼近Dr.張講台的座位；子恆也如常地坐在後排，在當日講學的筆記上畫上諾怡的不同神態。相比以前，他畫得更細緻和多樣，單是在「第三章：馬克思主義——依附理論」的篇幅裏，便出現了諾怡的三個模樣：一幅是她站在石牆樹下，突然來了一陣強風，長髮興奮起來，胡亂飛舞，當中的幾絲半遮半掩著她的鵝蛋臉龐，子恆來不及拿起手機拍下，唯有以他最擅長的方法把那一刻繪畫下來；第二幅是諾怡在餐廳裏聽了子恆一段幻想加狂想的童話故事後，笑得雙眼消失，露出獨家可愛的爆牙大笑，細心一看，還有一粒白飯留在嘴角；至於在筆記最後一段之下的留白位置，子恆畫上了諾怡的散髮披在枕頭上，她閉起了雙眼，嘴巴半開合地，彷似陶醉在非人間界的一刻。

縱使在一起已經差不多四個月，但每次聽到諾怡的那個舊問題：「我今天忘記了帶筆記，這課堂可以一起看嗎？」子恆仍

然會心跳加速，臉紅耳赤，因為他知道自己今次又避不了被人看到自己的「私密」，仍然會無可奈何地打開「筆記」，讓諾怡看過夠。他們偶然也會在課堂上玩玩偷吻，但更多時候是在一面聽書，一面在枱底下握著對方的手。那天，諾怡看到第三章的最後一段之後，便立時怒瞪著子恆，但子恆那似笑非笑的回應，害得自己被大力拍打，那一下手掌拍向子恆的大腿果真是巨響，擊打聲響遍了整間講堂，就連Dr.張也因這個突如其來的聲音嚇窒了一下，他和其他同學四周張望，希望尋找那聲音的源頭，只有坐在最後排的諾怡和子恆木無表情，定格看著黑板，好像甚麼事情也沒有發生過，扮作繼續專心聽講一樣，令大家一片茫然——他們再一次發揮了出色的演技。

但這騙不了詩雅。

那一下巨響後，Dr.張繼續講課，其他同學也如常地回頭看著黑板，正當諾怡為著自己的演技而自豪，子恆則變成了苦臉，猛搓著剛才被猛然拍打的大腿之際，只有坐在前排的詩雅沒有回頭，她繼續看著諾怡和子恆，搖搖頭對著他們，然後把食指按著圓瀡瀡的嘴巴示意後才回過頭去。

詩雅不但知道那聲音是來自諾怡，更早已察覺她與子恆的關係。身為諾怡的好友，為甚麼忘記帶筆記不就坐在自己身旁就好，而要老遠坐在山頂跟一個好像不太熟絡的男同學分享筆記？這種關係太明顯了吧？

雖然如此，眼看著諾怡沉醉在這種演技之下，詩雅仍然十分尊重這位好朋友，一直沒有拆穿他們的關係。她對這位好朋友的

感情生活是關心的，但絕不看好她和子恆可以長久，或者應該這樣說，即使詩雅不向諾怡說出自己看到的，感受到的，她認為這段感情也不會待得太久，既然如此，她又何必多此一舉？

在畢業考試前的一個長假期中，諾怡的朋友計畫來一次大型聚會，子恆也被受邀請，前往烏溪沙渡假營裏宿一宵，這次可說是畢業前最後的相聚，因為幾個月之後，大家便會各散東西，在職場上打拼。

八男二女的組合讓他們可以租住一整間渡假屋而毋須與其他陌生人共住，網球、射箭、游水，再來一場籃球賽，一直至傍晚時的燒烤大會，一行十人好像要把過去幾個月的積壓一次過宣洩出來，臨睡前再來估歌名、戲名的懲罰遊戲。沒完沒了的精力終於到了盡頭，他們有的就坐在沙發上打瞌睡，但還有子恆、諾怡、詩雅和另外四人仍不願去睡。夜闌人靜之時不是講鬼故，就是談談情，主導的家輝毫不避忌就向子恆開炮，談及了他與班內其中一位美少女的關係。

「你和婉玲如何了？」

突如其來的問題令子恆來不及反應。

「婉玲？怎麼如何？她有意中人了。」

「那個不就是你嗎？那天我看到你和她在銅鑼灣一間café裏坐在一起，不知多親密啊。」

家輝的笑臉極之邪惡，好像揭發了一宗驚天陰謀，現在終於有機會可以在眾人面前炫耀一下他的「獨家猛料」。過程之中，

子恆沒有看過坐在隔鄰的諾怡的表情反應，因為他覺得根本沒有需要這樣做，反正這根本不是甚麼「猛料」。子恆一貫淡定的答道：「你看到的是事實，我和她當天確實走在一起，但我們用著同一部電腦交Dr.張的第二篇論文，那部notebook得16寸，不貼近一些如何一起看？況且當時不只有婉玲，還有遲到的惠珊和敏姿⋯⋯」

這時，家輝的嘴臉更加邪惡，「嘩！班上有哪個不是你經手的？」其實一聽就知道他在揶揄著子恆，好像課堂中所有女孩子都被子恆「吸乾」了一樣。其他人也連聲附和，就連平日寡言的浩華都來個助攻：「那當天我看到你把一封信放在紫青的枱上又怎樣解釋了？」

子恆沒有一點怒意，因為他知道這班「諾怡派」就是喜歡以嘲諷為樂，其實他們並沒有惡意。於是，子恆也順理成章地解釋道：「我們幾個自從year 1認識的時候已經有寫信給對方，或許她們都是中文系吧，喜歡用文字表達感情，而對於我來說，現在還有人喜歡以文字代替說話，實在十分難得，於是我也加入了這個『互信群組』。你們不覺得每個人寫出來的字型都十分獨特，再加上文字裏表達的情感，整件事情都顯得很有美感的嗎⋯⋯」

「夠了夠了，大藝術家，我只是希望你能夠皇恩浩蕩，留下幾位姑娘給我這個小人享用罷了。」家輝突然向子恆來了一個跪拜，他顯然對子恆的解釋聽不進耳，或者因為他是來自經濟學系，所有事情都被他以供應和需求的標準來衡量，至於甚麼文字，甚麼情感和藝術，自然跟他格格不入。

「賤格，把這個妖言惑眾的太監拿出去斬！」諾怡突然一聲令下，其他人都一湧上前，用上枕頭猛力擊打家輝的後腦，其餘在沙發被吵醒的三個人不知發生何事，也不理會甚麼原因，看到家輝以一敵六，就算睡眼惺忪也要加入戰團。深夜三時半，十個人仍然龍精虎猛，笑聲不斷，整個營地只有他們這座宿舍亮著燈，最後還要勞煩宿舍職員前來叩門警告，大家才肯乖乖地去睡覺。

其實，哪有一個人不累？但是他們都知道這是最後的相聚，不想日出那麼快到來。他們關上了大燈，只開著一兩盞座台燈，在昏黃的睡房中把幾張床拍在一起睡。子恆睡在最左邊，接著是諾怡、詩雅、家輝、浩華……，雖然不消幾分鐘已聽到不知是誰發出來的鼻軒聲，但肯定的是，子恆一早便在被子裏捉著諾怡的左手，然後整個頭都伏在她側睡著的胸前。在微弱的蟋鳴中，感受到她胸脯上的起伏，以及由緩慢而變得急促的呼吸，還有由頭頂上傳來深深的一吻。

真正的女人，只有一面的強，表現出外強的，內心都會很軟弱，相反亦然。

諾怡無疑就是前者。

縱使子恆與其他女同學不時都會有「約會」，甚至頻繁的書信往來也不是甚麼祕密，但是她的心裏仍然十分在意：究竟子恆與她們去了哪裏？做過甚麼？書信內有沒有提及過他們的關係？子恆與她們的關係又是怎樣？其實諾怡大可以直接向子恆查問，但是她沒有這樣做。她心想：如果提出這些問題不就是懦弱的表

現嗎？況且她並不是不相信子恆，只是每次看到他與婉玲、惠珊、敏姿、紫青等待在一起，甚至把信封放在對方枱上的時候，心裏總覺得有一份不安感，但是她一直沒有表現出來，即使相處時的行為和話題，也沒有露出半點蛛絲馬跡。

直至有一天的下午，諾怡的心終於動搖了。

所有同學差不多都坐下來等待Dr.張進來講堂，子恆最後也趕上了Dr.張之前走到山頂的專屬座位，他看到了枱上有一封信，台頭寫上：「給：子恆」。最初，子恆還以為是惠珊寫給自己的回信，因為他前日才寫了一封信給她，心裏還在想：「那個懶惰的惠珊變了，竟然那麼快便回信。」子恆沒有即時拆開信封，因為他習慣獨自「享受」這種回信的感覺，他只會在一個人乘車回家，或者在夜晚獨處之時，才會拆開信封，細意「品嘗」那種文字的味道。

當天晚上，子恆和諾怡如常約會，他們在一間咖啡店中選了一個位於角落的雙人座位。平日一向主導的諾怡沉默不少，子恆也察覺到，所以盡力說了一些無聊話，讓氣氛不致變得太過死沉，然而整個下午的情況沒有多大改善。這時，子恆不斷想著自己有沒有做過令諾怡不高興的事，一面把一個夾著筆記的透明folder拿出來，剛放在枱上，那封在早上收到的信便順勢甩了開來，這封信明顯是子恆的「筆友」寫給他的。諾怡當然也知道，看了一眼便回過神來看回自己的電腦螢幕。然而，子恆卻表現出尷尬的樣子，當那封信甩了開來的一刻，他彷彿做了虧心事一樣，立即把它放回透明folder的最底層。對於子恆來說，他不是

因為怕諾怡知道有人寫信給他而不高興，而是他根本不知道當天諾怡為甚麼會變得如此沉默，他只是不想令事情惡化下去才有如此跟平時不一樣的反應，但一切已經給諾怡看了下去。

隔了一會，「我去洗手間，回來後我送妳回家吧。」子恆說。

「嗯。」諾怡的雙手不斷在鍵盤處游動，雙眼瞪在電腦螢幕上，沒有抬頭看過子恆。

直至子恆消失在視線範圍，諾怡的雙手才停下，盯著那個透明folder。

「看？」、「不看？」她一直覺得十分懊惱。「為甚麼要偷看子恆的東西？直接問他不就好了嗎？」、「直接問他？那不是我，我絕對不會這樣做！」諾怡的天使與魔鬼在對話。

時間一分一秒過去，「妳愈遲動手，給他撞破的機會便會愈大……」

「為甚麼我會變成這樣？」諾怡一面斥責自己，一面把放在子恆手提電腦上的透明folder拖了過來，一反轉，她只看到了三個字：「給：子恆」，她呆了半餉，也沒有想過要拆開那封信，便把那個folder往回反轉，推回原來的位置，表面上，一切也沒有改變。沒過兩分鐘，子恆從洗手間回來，他一面用那個藍色的舊毛圈紮好馬尾，一面看著諾怡的雙手在鍵盤上繼續游動，微笑著說：「妳打好這一段後，我們一起回家吧。」

諾怡似乎沒有領這份體貼之情。子恆話音剛落，她便停下手來，說：「我想做完這份功課才走。」

「那我等……」

諾怡不待子恆說完就截停了他：「我一會約了世傑在這裏傾莊，不如你先回家吧。」

「……那好吧……那……今晚妳有空再找我？」

「嗯。」

子恆獨自離開了咖啡店。他走著走著，不斷思前想後，反思著自己當天的所有言行，究竟在哪個地方出了錯？究竟是哪個時候、哪件事情開罪了諾怡？他一直在反思，得出最接近正確的結論：女人病。他相信自己只是遇著世上所有男人與女人相處時都曾經經歷過的問題，既然這一刻找不到問題的原因，那將答案歸納在女性生理方面就再理性與自然不過，而這個唯一的結論也可以令子恆自己放鬆一點，開懷一點，因為他實在想不到其他的可能性。

至於諾怡，她依舊坐在那個角落，在聽到咖啡店玻璃門關上的聲音，子恆在落地玻璃前消失了之後，她的雙眼才漸漸緊閉起來，忙碌的雙手也慢慢停了下來，電腦螢幕上的畫面全都是一連串的英文字母和符號，但全都是沒有人能夠解拆到的鬼符號。未幾，她慢慢地睜開了眼睛，螢幕上本來還是清楚可見的字母、符號，逐漸變得朦朧起來，眼眶的盛載量終於超出了負荷，第一滴淚水不慎跌下。諾怡趕忙在袋裏拿出手帕印乾通紅的眼睛，接著趕緊用手一撇，試圖把那滴留在枱上的眼淚掃走，但是，即使沒有人看到她通紅的雙眼和枱上那扇形的淚水遺痕，那變得粉紅的

鼻子也會讓人聯想這位獨自坐在一角的女孩子，正在面對著一段不如意的感情困擾。

諾怡這樣在乎那封信，不是因為她知道又有女孩子給子恆寫信，也不是因為信封上那三個字，而是那三個字之間的標點符號——那個只屬於詩雅才會習慣用上的獨特標點符號：兩個小圈的中間各自有兩點眼睛。

已經是凌晨一時，子恆仍然收不到諾怡的任何訊息。他不打算追問她跟世傑傾莊的情況，也沒有問及她今天為何對自己不瞅不睬。這不是因為子恆不在乎諾怡，只是不想令她的心情更加煩躁而已。他在通訊軟體上留下了簡短的訊息：

「今晚不要太夜睡，我們明天見，掛念妳。」

藍剔了半小時。子恆嘆了口氣，看著窗外的街道上還有幾個行人來來往往，路旁只有一輛待著的的士，呆了半餉，子恆才想起今天收到的那封信。他連忙在那個透明folder中抽出啡色的信封，看著那兩個別緻的小圓圈，嘴角微微扇動了一下後，便翻過信封把信紙抽出來。信封內只有兩張信紙，兩張沒有任何設計可言的信紙，雖然子恆不太在意別人寫給自己的信紙是否美觀，但這兩張好像長輩才會用的信紙——白底、橫倒藍幼線，看來一反惠珊的品味。他立時先翻開了第二頁，發現寫信人果然不是惠珊，而是詩雅，子恆呆了一呆。

詩雅是諾怡的貼身好友，相信在諾怡的口中亦多少認識子恆，而詩雅亦是上一次大夥兒宿營中的一份子，算是可以比「普

通朋友」列入較高一層的「朋友」關係，但是詩雅和諾怡在學校
裏經常形影不離，而且她平日其實甚少機會與子恆交談，最多只
是在乘車回校或在學校走廊時偶然相見，雖然兩人不至於只說
Hi、Bye，但子恆心想，彼此未至於熟絡至會互通書信。當然，
子恆並不介意她加入這個「互信群組」，但她的來信確實讓子恆
感到有點驚訝，甚至有點匪夷所思。據子恆的認識，詩雅與諾怡
之所以惺惺相惜，都是因為彼此的性格相若。子恆曾經也邀請過
諾怡加入這個群組，希望以文字交心，但卻遭到諾怡一口拒絕，
理由是她聲稱自己的中文程度不夠好，而且用說話交心比用文字
來得更直接、更有效率，何必這樣浪費時間云云……所以這次收
到與諾怡性格相若的詩雅來信，確實令子恆意想不到：

Hello子恆：

　　收到我的信後是否覺得太突然？沒錯，我跟諾怡一樣，中文
程度一直很差，要我寫信簡直是天荒夜談（譚）！但是這幾個月
來，我看到你的行為，實在不得不認真地寫一封信給你，以表示
我對你認真的態度。

　　請不要誤會，我不是來表白的，而且你也不是我那杯茶。
雖然我不知道你與班中其他女同學的關係，但我知道你最「終」
選擇了諾怡，對嗎？我很佩服自己懂得用引號來emphasis on這個
「終」字，因為我不知道你是否對諾怡是重（從）一而終，我有
這份懷疑，是因為我經常看到班中的女同學都喜歡跟你玩這種寫
信遊戲。最初我還以為你是獨自坐在山頂的宅男，但自從諾怡經

常提起你，加上上次宿營的短暫相處後，才發現你不是自閉的（不要介意，我真的以為你是自閉）。

事實上，一星期三日的GPE，我不是看到你的粉絲在你的桌上留下書信，就是看到你在拉把、Can裏與其他女同學談笑風生，甚至有些比一般朋友更親密的行為。我不知道諾怡有否看到，但我實在有點看不過眼。諾怡一直沒有跟我說你們的關係，但明眼人一看就知你們是在拍拖。如果你是對諾怡認真的，就請被（避）忌一點，專（尊）重她多一點，我明白情侶間都有獨特的相處方式，但就算口中說不介意，眼看到自己的男朋友跟別的女性走得如此親密，心裏肯定不是味兒。這是我身為女性的看法，相信這對你總有一點參考價值。

我不是要乾（干）zip（涉）你們，但既然諾怡是我的好朋友，那我就要盡好朋友的責任去保護她。沒錯，她有時很倔強，還帶點固執，但我比任何人都了解她。她表現得像大人，但她仍然是一位長不大的小女孩，一位善良、勤奮，而且做事有始有終的小女孩，她仍然很需要別人的關心和愛護，她也有柔弱的一面，所以，請你好好珍惜她。

我不知道以上的文字會否詞（辭）不達意，但我已經用盡了一生學過的中文詞語去表達了我的意思，如果你還是看不明白也沒關係，但最少你也要明白「請你好好珍惜她」這幾個字，因為我十分肯定這幾個字沒有寫錯。

詩雅

　　子恆慢慢放下這封信，看著窗外。早前那輛停在路旁的的士已經離開，街上再沒有行人，也再沒有任何車輛在行駛，只留下交通燈在自我陶醉。子恆拿起了手機，留下了訊息：

　　「睡不到，很想早點日出，很想早點見你……晚安～」

　　已經夜深了，子恆不期望會有任何回覆，只是掛念諾怡的心情湧進心頭，明知不大可能收到回應，還是希望留下這則訊息，讓諾怡可以在幾小時後的早上第一時間看到，所以他根本沒想到隔了一會便收到了她的回覆：

　　「我也想明天與你見面，不用回了，晚安」

　　依舊是沒有任何emoji修飾，依舊是沒有標點符號作結，但子恆已經十分滿足，期待明天的到來。

　　翌日早上的第一課，正是Dr.張的GPE。子恆如常地趕在他前面進入講堂，但他期待著每次與諾怡在座位上的那刻眼神交流落空了，因為她還未出現，子恆於是望著鄰座的詩雅，眼睛看一看諾怡的空座位，示意「知不知道她去了哪裏？」但是詩雅只是縮一縮肩膊。這時，子恆走到了她面前，從布袋裏找了一找，遞了一封信給她後便開始往上走回自己的座位。

　　記得第一次在課堂上看不見諾怡，他擔心著諾怡的缺席是否因為生病的緣故。如今就跟以前一樣，他一直低著頭，心裏想著諾怡今天不來上課的原因，他一直沿著梯級，低著頭往上走。

　　他抬起了頭，這次諾怡並沒有出現在他的座位上，那裏變得從未有過的空虛。

「上次講到第六章：位置性的邊界爭端和領土性的邊界爭端，最近亞美尼亞與阿塞拜疆的領土鬥爭，印證了東西陣營的角力……」Dr.張從來都是單向式授課，因為他從不期望同學會主動發問，除了諾怡，只有她是課堂裏唯一的支持者，有時還會指正、質疑Dr.張的錯誤和說法，所以她的缺席，看來就連他也覺得有點失落，但是相比子恆還差了好幾百倍。

　　第六章對於子恆來說是空白的，文字的間距與之前五章一樣密麻麻，字裏行間卻再沒有畫上圖案和諾怡的樣貌。子恆拿出手機，擔心地作出問候：

　　「是否病了？我替妳點名？」

　　眼看著黑板，手拿著電話，生怕錯過她回覆的任何訊息，不一會，諾怡已經回覆：

　　「我正忙著，今日照舊」

　　子恆從不在文字或言語間苛索諾怡，即使諾怡問非所答，甚至表現出冷漠的回覆，子恆亦甘心接受，他不在乎這些，只在乎他們擁有的相處時刻。

　　西環街角的咖啡店，五時正，諾怡比子恆來得還早，坐在全店最大幅油畫下的位置，專心地抄寫著筆記。

　　「我今天有抄筆記，妳需要嗎？」子恆想主動打開話題，多於實際想幫助她，因為子恆知道諾怡在讀書方面一直都是名列前茅，而且她知道子恆在上課時會有多「專心」，所以也很快回應了：

　　「不用了，剛才我問詩雅借過筆記，我抄下這些後便要回家溫習預備final，你也要勤力一點，不要頹過，GPA太低分對將來找工作會很麻煩。」

　　子恆像聽從了訓導般嘆了口氣，帶點敷衍的語氣答道：「行了……那你今早為甚麼不上學？」

　　「我忘了跟你說，今早我去了美國領事館續領passport，預備畢業後到那裏讀一個master課程，回來後再找工作。」諾怡似乎一早預備了子恆這個問題的答案，回答的語氣十分平伏，也沒有一點的猶豫，但這番話卻為子恆帶來了衝擊。

　　「美國？master課程？沒有聽妳提起過，那是怎麼一回事？」子恆的心跳開始有點不太自然。「那是怎麼一回事」不是在問諾怡何時開始考取當地的大學，或是她在那邊修讀甚麼，而是事情來得實在突然，子恆根本沒有心理準備去面對，他關心的只是兩人將來的關係究竟會變得如何，但是諾怡顯然迴避了子恆關心的這一方面。

　　「只是最近決定的，之前我已經考了IELTS，如果final可以勁過，那就可以順利獲得取錄，十月左右便可以去上課了。我翻查過，不少大公司都會派人在課程畢業那年，在大學即場進行招聘，畢業生不愁沒有工作，而且起薪點相比在香港畢業後捱幾年的人多兩至三倍。」

　　子恆沒有作聲，諾怡的眼睛終於在滿枱的筆記中回復了水平線。她看著子恆，沒有表現任何表情，問：「子恆，你將來有甚

麼目標？」

子恆也抬頭看著諾怡，卻不敢直視。這樣子的諾怡，是他最不想看到的。

子恆把視線移開，沒有回答。

沉默了十多秒，諾怡忍不住開口：「你沒有為將來作打算的嗎？想做甚麼？如何去做？希望將來會得到甚麼？難道你真的沒有想過嗎？」

子恆不是沒有想過。他也曾經想：畢業之後希望可以找到一份足夠應付生活的工作，與喜歡的人一起生活下去，但這兩個看來簡單的目標，相比諾怡的實在顯得不切實際，甚至顯得十分卑微，卑微得還非常幼稚。子恆抱著僅餘的自尊，一直沉默不語。

「有就有，無就無，怎麼你不說半句話？」諾怡帶有怒意的語氣，令坐在旁邊的顧客也看了一看。

很久沒有看過諾怡滿臉通紅。她搖了搖頭，從未表達過對子恆如此失望的表情，過了一會，氣氛已經僵至極點，諾怡沒有再說話，執拾筆記後自行離開，剩下那喝到一半的咖啡和杯邊那片熟悉的唇印。

距離final只有兩個多月，Dr.張說：「最後一章：自由主義，是final exam必考的內容，這是我給大家最後的忠告。」大部分同學都不會缺席最後幾課，除了關乎出席率，這幾課更關乎考試的生死。Dr.張不是killer，他對學生都很包容，只要同學「間中」出席平日的課堂，以及論文的內容不是copy and paste，考試

答卷時又不至於離題萬丈，他都會從輕發落。雖然是選修科，但是子恆喜歡上他的課，除了因為他比其他lecturer都寬厚，沒有了Dr.張，他可能不會認識到諾怡，對於子恆來說，Dr.張就是他與諾怡的月老。

自從final exam遇上後，子恆和諾怡再沒有見面，即使畢業禮那天，諾怡也沒有出現過。據詩雅說，她希望早日移居當地，早點適應當地的生活，以迎接新學年的來臨。

「無聲間分手，總比大吵大鬧分手好罷。」子恆一直在自我安慰，還一直在想為何分手的那天要來得這樣突然，如果可以時光倒流，他又會如何對答諾怡？如何令諾怡不那麼決絕？

但是這一切，還重要嗎？

這可能是子恆和諾怡預期的結局。兩人除了都是單眼皮，髮至胳膊，白皙的皮膚，身型瘦削，其實沒有一點是相似的，所以，單單憑著那2.5秒的戀愛感覺來開始這段關係也無可厚非，反正就算有周密和長遠的計畫，最後也不保證會白頭偕老。這個結局，不算完美，但兩人總算留下過美好的回憶。

畢業後，子恆在一間室內設計公司工作。公司規模不大，除了設計，就連最不擅長的銷售也要兼顧，雖然如此，可以學以致用，做到心儀的工作，子恆也心滿意足，而且由於設計意念實用和創新，加上逐漸累積了不少客戶，他開始在業界嶄露頭角。

在一次代表公司出席的展銷會中，他巧遇上了詩雅。她當時正為一位由英國來港的市場部主管進行翻譯，遠遠看著詩雅，一

摺典型的行政套裝，加上黑框眼鏡和韓式饅頭髮型，子恆看了也遲緩了一下，等待詩雅稍事休息時才在遠處叫她：「詩雅，何時做了韓國OL？」子恆笑著迎向詩雅。最初詩雅看到子恆也呆了片刻，一副白臉和單眼皮依舊，但那把長髮已經剪掉，「你不更像敏鎬哥嗎？」詩雅笑臉回道。

他們相約在當天下班之後一起吃晚飯。

兩人都準時來到灣仔一間酒店用餐，他們無所不談，由大學相識時的趣事到同學的近況，以及投身職場後遇過的辛酸，兩人在那天晚上總計的說話量，粗略估計比大學那幾年間還要多，當然，他們的對話內容也離不開諾怡。這是子恆首先提出的。

「有聯絡諾怡嗎？她還在紐約讀書？」

詩雅想了想：「唔……自從畢業那年，她在機場發了短訊給我，叫我保重後便沒有再聯絡了。」

「原來是這樣。」子恆看著詩雅戴在中指上的鑽石介指。

詩雅看到子恆露出他在學校時經常出現的那張呆滯臉，便忍不住嘆氣道：「怎麼了？掛念人便去主動找人嘛，你是男人來的。」

「不要再煩擾她了，況且找到她又如何？」子恆的視線沒有離開過詩雅的介指。

「沒錯，我也不知道她現在是單身、拍拖抑或結了婚，但肯定的是，她在離開香港之前，心中仍然只得你一個。」詩雅肯定的說。

　　子恆似苦笑多於歡笑說：「多謝妳這樣安慰我，但我知道已經沒可能了。我很清楚知道自己很喜歡她，但我不清楚她如何看我，或者她從一開始已經本著試一試無妨的心態跟我在一起，到了最後真的忍受不了我經常默不作聲，又發現了我根本沒有甚麼遠大的志向後，她選擇離開我，這也很正常。」

　　詩雅看了看子恆，沒好氣地說：「為甚麼你總是活在自己的幻想之中？對方喜不喜歡自己，願不願意跟自己在一起，問一問她不就可以了嗎？我不知道你們以前在學校裏搞甚麼鬼，但我從year 1就開始認識諾怡，她做所有事情都從不敷衍，對人更甚。當那天她無緣無故獨自坐在講堂山頂上的座位，我看到她一直盯著門口那種期待又緊張的表情，就知道她對你是認真的。老實說，我那時候確實有點驚訝，諾怡在大學不乏追求者，但她竟然選擇一個呆頭呆腦兼帶點巕型的男同學……」子恆皺了皺眉，詩雅繼續說：「sorry，我當時真的這樣覺得。我就知道，她真的喜歡你，這是事實。雖然她一直沒有跟我說，也不知道為甚麼不跟我說，但我尊重她，她總有自己的理由，於是我便一直詐作不知情，繼續看著你們相戀下去。直至我看到你經常與女同學互相寫信，本來這與我毫不相干，但每次看到坐在我隔鄰的諾怡，便覺得實在不妥。無論你把信放在別人的枱面，抑或那個婉玲、惠珊把信放在你的枱上，諾怡每次看到的時候，臉色總是會有點不悅。這也難怪，一對戀人正在拍拖，但卻看到對方寫信給異性，胸襟怎樣廣闊也實在難受吧？口裏怎樣說沒所謂，心裏也總會有點忐忑吧？」

兩人在初見面時的笑容早已收斂起來，詩雅希望認真地跟子恆說個明白：「你還記得last year最後幾堂我寫信給你嗎？」

　　「記得。」雖然子恆收過很多信，但詩雅的信就只得那一封，所以印象深刻。

　　「我當時實在看不過眼才會寫信給你，你知不知道我為了寫那封只有幾百字的信，浪費了我六個鐘頭的睡眠時間？」

　　「對不起。」

　　「重點不是在這裏，你知不知道當我把信封放在你山頂的柏面時，給諾怡看過正著，那個時候我知道她一定是誤會了我跟你一起玩那些無聊頂透的互信群組，甚至可能誤會我喜歡你！當時我來不及解釋，Dr.張已經走進了講堂，那時我看著諾怡的臉垂得低低的，待課堂完畢一刻，她頭也不回便離開，之後她雖然也有找過我，但感覺上她已經不希望與我太親近了。」

　　她續說：「直至考完畢業試後，我主動找她出來聚一聚，還把你寫給我的信給她看了……」

　　「甚麼？」子恆覺得互通書信的內容就如私人日記般祕密，絕不能跟第三者透露內容，詩雅這樣做，感覺無疑跟揭露了別人私隱一樣糟。

　　但是，詩雅看來沒半點愧疚，還理直氣壯地解釋著說：「我知道把別人寫給自己的信給第三者看是不對的，但是對不起，出賣你的罪疚感遠遠比不上我跟諾怡的感情，所以，最後我也決定給她看你寫給我的信：

Hi詩雅：

　　當我收到妳的信時確實十分驚訝，除了很多錯字，感覺還不很真實，為甚麼妳竟然不發短訊或電郵給我，反而也會喜歡了寫信這玩意？

　　沒錯，我跟諾怡在一起了。如果說夢想成真可能誇了點，但是當我在GPE中第一次看到諾怡的時候，我便認定了她，管她與我的性格、嗜好、目標等鬼東西都不一樣，毋須其他原因，喜歡就是喜歡……當然，妳不想也沒有興趣知道我如何喜歡諾怡，但是我會如妳所說，好好珍惜她，直至她討厭我、離開我的那天。

　　我真的很感謝妳，因為在這之前，我低估了「互信」這種玩意對諾怡有如斯的傷害。事實上，我有跟她談過是否會不喜歡，但她說過沒有，還說只要我喜歡便去做云云，於是我就這樣繼續下去了，想不到實際卻傷害著諾怡，所以從今天開始，我會停止寫信給她們，況且final就快來了，我們都要爭取時間溫習。至於妳看到「有些比一般朋友更親密的行為」，我相信妳是說惠珊吧？

　　認識惠珊的人都知道她不拘小節，在任何情況下都喜歡與朋友手挽著手，而且男女不拘。我自從year 1已經認識她，關係很要好，但絕不是妳想的關係，她依然深愛著她的外籍男朋友，而我亦慶幸認識了她，因為她一直鼓勵我主動去愛身邊的人，遇到心儀的更不應該沉默。今天，我可以與諾怡一起，她實在幫助不少。不過話分兩頭，她那種「不羈」的行為的確容易惹人誤會，我以後會避忌一下，免得諾怡想太多。

寫到此，我不得不跟妳說一個祕密，就是我在妳的信中感受到諾怡的妒忌心，不知怎的，我反而感到很興奮！妳一定說我是變態，但我卻樂在其中。說真的，跟她在一起一段時間了，我十分喜歡她，卻不知道她有多喜歡我，但當知道她因為我跟其他女同學互信、與她們有「親密的行為」，從而令她產生了妒忌，我實在高興，因為我從此知道她真的也喜歡我。縱使不知道她愛我有多深，但是我感覺到彼此的愛其實相差不遠。這封信之後，令我更加懂得尊重她，珍惜她，愛她。

　　多謝妳。

子恆

　　子恆知道詩雅讓諾怡看過自己寫給她的信後，沒有怪責詩雅，他聽了詩雅接著要說的話後，更泛起了放下已久的感情漣漪。

　　「當時我跟諾怡說，『妳想多了』，然後把這封信給她看。看罷，她一直凝視著最後那幾句話，神情顯得很傷感，但她沒有哭起來……她當然不會在別人面前哭，然後跟我說：『我們已經分開了。』聽罷，我感到十分愕然。」

　　「諾怡深深地吸了一口氣，說：『我很討厭自己，明明是不喜歡那些女人跟子恆寫信，明明是不喜歡自己的男朋友好像被分享的感覺，我還是裝著大方，對他說『做自己喜歡的事情』等冠冕堂皇的說話。最初我還以為自己可以承受得了，直至看到連妳也寫信給子恆的時候，當時我有著一種被出賣的感覺，這種感覺

纏繞了我好一段日子，我感到很不安，甚至突然覺得世界就只剩下自己。其實只要理性一點來想，妳根本不會這樣做，因為我十分了解妳，正如妳十分了解我一樣，但是這種討厭的感覺一直揮之不去，我知道自己不能長此下去，這不但會影響到學業成績，更會影響到我跟你和子恆的關係，所以我決定離開，還要離開遠一點……多謝妳給我看這封信，對不起，詩雅。』」

詩雅沒有再說下去，子恆也陷入了迷思。寂靜了良久，只聽見其他人用餐時餐具的碰撞聲和餐廳裏播放的柔揚旋律，直至一位侍應前來說：「對不起，待我先為你們收拾好這些餐具。」子恆才回過神來說：「謝謝。」

這次相聚之後，子恆再沒有見過詩雅，幾個月後在舊同學的口中得知她結了婚，還有一對可愛的孖女。

至於子恆，不是沒有機會發展其他感情，只是心底裏總是會以諾怡做一個感情的標準線，而這幾年間與他邂逅過的女同事或合作夥伴，他都硬著要用這條線來衡量她們，結果當然就是沒有結果了。

在一個閒日的下午，一位顧客打開了公司的玻璃大門。由於太陽的光線每天下午都會由大門方向投射進室內，那位客人的正面顯得一片漆黑。子恆立即放下手頭上的工作，希望把握這個機會，在月尾前達成老闆訂下來的生意額。他們的距離逐漸拉近，子恆率先問道：「我有甚麼可以幫到妳？」

那位小姐沒有理會，只顧看著掛在牆上，由子恆繪畫的室內

設計案例。子恆心想：「或許又是一個難搞的顧客。」子恆繼續向她詢問：「如果小姐可以提供單位的平面圖，我可以提供一些參考的意見讓妳選擇。」

「你真的可以給我意見嗎？」那位小姐終於看完那些圖片，回頭看著子恆。

那是一把很熟悉的聲音。

她除下了太陽眼鏡，頭髮長了，但獨特的月半彎單眼皮依舊，她笑看著子恆，子恆也呆了片刻。

「怎……怎麼是妳？……我以為妳……」

「你以為這個女人很難搞，對吧？」

「不……不，只是覺得，有點突然罷了。」子恆嘗試轉移話題，免得又被諾怡猜中自己內心的想法：「妳何時回來的？妳是特意來找我，抑或碰巧來到？」

「哪會有這麼多碰巧？我上個月回來後便找詩雅飯聚，她給了我你的名片，我便來找你了。」

「但是……對不起，我最快要六時才可以下班，妳或者先到對面的咖啡店坐一會等我，可以嗎？」子恆也希望與諾怡聚聚舊。

「怎麼了？難道你不想做我這宗生意了嗎？」諾怡半帶挑釁的口吻說。

子恆又呆了片刻，他從諾怡的話裏瞬間引發了一連串的問題：諾怡有了房子？她獨居？抑或與男朋友同居？還是已經結了

婚，有了孩子，所以搬進新居……他有點不知所措，但他不想再被諾怡看穿自己，於是強行冷靜下來，以平日對待客人的專業態度和口吻說：「哦，原來妳想替房子做室內設計，那請問妳的房子有多少呎？多少人住？預算費用是多少？妳有沒有帶房子的平面圖？妳喜歡甚麼風格的設計？有甚麼喜好或特別的要求？我綜合了這些資料後，可以在半小時內給妳一幅3D模擬場景，到時再看看妳有甚麼地方需要修改，包括顏色、用料……」

「夠了夠了！怎麼沒見幾年，你變得這樣多說話？況且你這種口吻與街客搭訕有甚麼分別？難道我對你已經變得陌生了嗎？」諾怡質疑著。

子恆只是希望用說話掩飾自己的不安，給諾怡這麼一問，他又變得無力反抗。

「我不是這個意思……只是……職業病。」子恆毫無招架之力。

諾怡踏前了兩步，這個距離已經不是銷售員與顧客之間應有的距離。

子恆還是留在原地，沒有退縮。

他看到成熟了的諾怡，臉上沒有其他同齡女性的濃妝艷抹，只聞到久違了的體香，甚至輕輕地感受到對方的心跳。

諾怡再次把2.5秒的唇溫留在子恆的臉上，視線稍稍地移開，然後帶點羞怯地說：

「八百呎左右，兩個人住，你可以為我們設計這個家嗎？」

第三篇

自尊・枷鎖

　　韋承修不抗拒搭飛機，但只限於四小時內的機程，所以日本、新加坡已經是他的極限，至於超過四小時機程的地點都不是他的考慮範圍……除了英國，或者他與邱穎婷的感情可以抵銷每次13小時的苦難吧。

　　承修在一間家庭用品公司當市場部經理，位高但薪金不高，所以約一至兩個月一次的英國之旅，都會選擇最便宜的直航機票，而每次的旅程，對於他也是一場考驗。

　　承修是高個子，只要是高個子才會明白，無論乘搭飛機（尤其是現代版的經濟艙）或巴士（尤其是舊款的新巴），腳膝都會頂著前面座位的背部，遭人白眼，所以，為免不騷擾到前座乘客，唯有把屁股貼緊椅背坐，不過沒過多久，屁股就會麻痺，這時候便需要轉換成雙腳撐開的大八字型坐法。根據他的經驗，只要輪流轉換這兩個姿勢，那麼便可以減少肌肉發麻的機會，但如果中途睡著，他就要承受如針刺般的麻痺感。

　　若果當天幸運的話，隔鄰的椅子空著，承修還可以盡情伸展；否則，隔鄰坐上一位斤兩十足的乘客，自己座位上的手柄和地面的「領地」便很可能被肆意侵入，加上遇到前座不識趣的乘客，長期把椅背往後靠，令本來狹窄的座位空間更加侷促，好像四方八面都是向自己壓迫的移動牆壁，入夜後再被多輪如雷轟頂的鼻鼾聲蹂躪，那麼十多個小時的機程便很可能比坐牢更悽慘。

　　不過，只要想著穎婷在地球的另一邊苦候著自己，這種痛苦立時減去了大半。

穎婷早在九年前已經來到英國的利物浦留學。最初她選擇在這裏讀書和居住並不是因為喜歡看球賽，而是她希望選修醫科，當地的大學在這方面頗負盛名。穎婷本來計畫畢業後回港工作，但剛巧碰上一個難得的機會，就是可以在當地的醫院任職藥劑師；再者，相比其他地方，利物浦的生活指數較低，房租較平易，而且居所鄰近醫院，所以她決定留下來。

　　對於兩人分隔異地，承修沒有半句怨言。他深知要維繫所有人都不被看好的異地戀難度極高，於是在能力負擔的範圍下，在那五年間，他幾乎每個月的公眾假期都會往返兩地。如果當月沒有長假期，承修便會把年假攤分開來，務求每一至兩個月都可以停留英國多幾天，與穎婷相處的時間多一點。

　　「承修，今天又回去了？」承修的同事建宇向他問道，因為他看到承修又帶上了行李喼回到辦公室。

　　「對啊……125周年紀念版US 10號半球鞋，對嗎？」建宇是利物浦球迷，他每次都托承修在當地的專門店購買心儀的球會用品。

　　他們在公司是難得可以交心的同事，所以承修也樂此不疲。承修在這間公司已經當上這個職位八年了，事途只可以說是高不成低不就，他之所以不作他投，除了因為有建宇這個可信任的戰友在身邊，承修的上司尚且可以忍受他每個月人間蒸發幾天，畢竟他在公司裏一直有不俗的工作表現。

　　當晚下班後，承修便直接拖著行李喼前去機場。每一個月到

了這個時候，都是他最期待的時候，管它一會兒上機後的鄰座是大胖子，抑或後座是醉酒漢，有乘客跟機艙服務員口角、不斷拍打自己的座位、臭罵黃皮膚的人是豬等，他統統都經歷過，亦早已習慣了。

十月的倫敦只有十多度，機場的自動門一打開，第一啖的空氣依舊是熟悉的涼快感和濕潤感。承修與當地人一樣穿上夏天的裝束，神情、姿態、步速顯示了他對這裏有多熟悉。剛才13小時的機程中總算睡了一頓好覺，他現在要趕去Euston車站，由倫敦前往利物浦的Lime Street站還有一段個半小時的車程。他匆匆地走到車站二樓的麵包店買了例牌的classic hotdog後便入閘登車，途中開始下起雨來。

「我上車了，11時車站見～」承修已經十分疲倦，但每次上車後他都會留下這段訊息，興奮之情逐漸湧上心頭。

「嗯，一會兒見～」穎婷留下了幾個心心圖案。

每人每日都可能會遇上困難、問題和壓力，而每人都會有各自減壓的方法，承修和穎婷也是一樣。平日的生活和工作總不會一帆風順，但是只要他們想著即將來臨的這幾天，他們都可以笑著振作起來。

記得第一年他們在車站相見，承修總會好像拍戲似的，急步走近穎婷，然後放下所有行李，把穎婷抱起，激烈擁吻。但自從有一次，他們在車站相見，穎婷被凌空抱起良久，正當兩人閉目享受著那久違了的濕吻，期間卻引來了遊人拍攝，他們自此便收

斂起來。現在，兩人即使在閘口處看到了對方，都會收起部分跟對方的思念和愛意，簡單而深情的一吻，只有那2.5秒，足以令腎上腺素猛然飆升。

他們在僅十五分鐘的巴士路程上已經緊握著對方，下車後走過一條馬路便來到穎婷的房子。穎婷和承修沒有浪費過任何一秒，彼此的步速愈加頻密，跨上一樓，關上大門，毋須任何前奏，一面吻，一面輕裝，由外而內固定的順序，由下而上熟悉的姿勢。承修看見穎婷在內衣服飾配搭上偶有心思，這令他們來得更狂猛，即使到了黃昏，大氣中的涼意也沒有令他們的愛意冷卻下來，汗水互相交疊，磨擦聲、喘氣聲和窗外歸巢的鳥鳴聲此起彼落，兩人再次陷入了忘我的祕境。

餘霞照進了房間，勾勒出穎婷玲瓏的身段，承修替她蓋好了被子，看著天花板上搖曳的樹影。

穎婷的嘴角微微掀起：「不如我回去吧。」

承修凝視著那摺樹影：「為甚麼？」

「每次看到你的倦容，我都會覺得很心痛。回去，你不需要再這樣奔波勞碌，而且以後我可以每天跟你見面。」

「我不想妳為了我放棄得來不易的工作。」

「香港在這方面也缺人，我不會找不到工作，而且人工方面會比這裏好一點。」

「我不想你因為我而後悔，而且，我一點也不疲倦，我可以證明……」

　　穎婷希望與承修認真地討論回港的問題，卻又被他打斷了。

　　穎婷的房子蠻大，但一看就知道這是租住的，因為這裏沒有多餘的家具，左一件，右一件，完全沒有設計可言。兩間睡房只有一間是常用的，畢竟大多數時候都只有穎婷獨居，即使承修到訪，另一個房間都只會放上行李唸，而這個「臨時居所」多少反映了穎婷的心態：她還不清楚將來的去向，是留在當地，抑或返回香港？無論在工作抑或感情方面，她仍然感到迷茫。

　　為了準時抵達醫院工作，穎婷每星期一至五都要在早上五時起床梳洗上班，而承修也會陪伴著她，在天未亮的時候一起出發前往火車站。

　　途間，兩人緊靠在一起，呼出的二氧化碳在路上互相交疊。路旁的街燈還未關上，穿著單薄運動衣的晨運客和踏著單車派送報紙的人偶然會經過身邊，但他們最期待是途經的白色磚屋，屋內那隻守護在主人後花園的牧羊犬，每當聽到他們在遠處傳來的腳步聲後，便會走到木欄之間那唯一的破爛處，用盡方法把鼻子和舌頭伸出來迎接他們；附近一棵被他們稱為鸚鵡樹的樹枝上，每朝都停留上近百隻野生虎皮鸚鵡，牠們吱吱喳喳在不停討論，十足鸚鵡鬧鐘，路經的時候都會不由自主地一起急步走過，就是生怕牠們任何一隻為自己的衣服或頭上留下白色的紀念品。

　　經過約十分鐘的路程後抵達了火車站，那時候已經有不少人趕著上班。由居住地到醫院的距離不算遠，只需要搭乘五個車站，再步行十五分鐘便可。他們抵達醫院後，會先到大堂餐廳叫兩份早餐，一起待至上班前十分鐘，穎婷便會前去工作，而承修

則會沿路折返，並在位於車站旁的街市買下接著兩三天的餸菜和日用品。

如其說承修每月都會到英國旅行，不如說是返回英國生活較貼切。

利物浦屬於港口舊城，沒有大都市的繁華，或許有不少人仍然認為除了Beatles，這裏早已經是過氣城市，但對於承修來說，那裏保留著獨特口音的Scousers和充滿文化氣息的船塢、貨倉、碼頭、議會和博物館，這些都令他對英國的官感變得不一樣。每天，承修從醫院返回穎婷的居所，都會選擇不一樣的路線，希望發掘當地的不一樣；正如當他在家中準備好當日的飯菜，然後待至下午三時便會重新出發，前往醫院接穎婷放工的時候，承修都會盡量選擇不一樣的路線，雖然有時他也會迷路、搭錯車，害得穎婷憂心忡忡，但他藉此可以了解更多當地人生活的日常，感受到更多該城市裏獨有的生活氣息，他就是希望在這些探索中，想像和熟習他與穎婷日後在這裏生活的日子。

但是，就穎婷而言，她並不太眷戀這個城市。最初來到利物浦留學，她甚至覺得惶恐、孤獨和不安，不太習慣一個人住的穎婷其實不喜歡身邊沒有親人或情人，但為了得到當地的居留權，為著將來有多一份保障，她還是選擇留下來。現在，即使工作間的同事相處融洽，有一份穩定和可觀的收入，但那裏一直都不是她首選的定居地方，所以她很感激承修每個月這樣不辭勞苦地前來與她一起生活。過往一個人在街市買餸，煮一個人的飯，洗一個人的碗，如今都有承修相伴，即使一個月只得幾天，她也能夠

從中感受到真實和實在的被愛之中，而每次他們的相聚，穎婷對承修的依賴又會加深一點，她覺得自己漸漸變得不能沒有承修在身邊的日子。這是好事，還是壞事？對於穎婷來說，兩者皆是。沒錯，戀愛應該是互相扶持和依賴，但就是因為她曾經把這份依賴推至不可自拔的界線，當發現對方出現了第三者，她的情緒便會出現懸崖式的崩落。

這是前度替她帶來的陰暗回憶。

但是承修每次的探望，都令穎婷難以抗拒。她的理性叫自己不能夠長此下去，否則可能重踏舊路，口裏會叫承修如果工作忙的話便不要遠道來陪她，心裏卻日夜都想與承修在一起，感受那種幸福和被愛的感覺，哪怕一個月只得那幾天。

穎婷跟承修相處得愈久，這種依賴感便愈接近臨界點；她愈了解承修，便愈覺得他與前度相似，那種愈愛愈滿足，愈愛愈憂心的矛盾，最近不斷纏繞著自己。

每次相聚的最後一天都是最難過的。穎婷最初也會強忍著淚水，在車站與承修揮手道別，但到了最近幾次，穎婷變得不一樣，她甚至曾經在車站抱著承修哭著說：「你可否不要走？」承修也有強烈的不捨之情，但他不想自己的淚水被穎婷看到，令她更加傷痛。他鎖緊著穎婷，安慰她說：「我答應妳下一個月會再來，好嗎？」

列車開動的訊號不斷重複著，沒有看到主角追著火車，然後慢慢落後的戲劇場面，但穎婷一定會等到列車的車尾完全消失在

視線範圍之後，才會離開車站。

歸家的路途中，淚水沒有停過來，途人都表現出憐憫的表情。她前去鄰近的超市購買紙巾，會回想到承修上一個小時才在這裏買了一盒朱古力糖果，她不想增添思念之痛，隨即離開，淚水沒有停下來；好不容易才返回家中，打開大門，擺放承修行李的房間再次變得空盪盪，淚水沒有停下來；回到自己的房間，白色的被鋪上，看到承修在離開前替自己的熊仔玩具擺放的睡姿，穎婷此刻要把體內僅餘的水份也要轉化成最後一道淚水。每個月的這個孤獨的晚上，穎婷都是一面哭著，一面吃下當天早上由承修為自己準備好的日式牛肉飯，而每次離別的傷痛，總要花上兩三天才能平伏下來。

這五年以來都是這樣，期待，相擁，離別，期待……月復一月，年復一年。

穎婷不斷問自己，為甚麼要這樣下去？

除了每個月的見面，承修也會定時把穎婷提及過喜歡的電影DVD、零食，甚至簡單一條電話繩寄給她，雖然只是一些微不足道的小禮物，她也大可以在網上買得到，但對於穎婷來說，每次在孤單的日子裏收到包裹的一刻，都是一份窩心的感動。他們都相信，只要這樣專注於經營與對方的感情，互相累積感情的點滴，將來一定會開花結果。

不似預期的人生才是人生。

承修的公司為了發展網上業務，進行了架構重組，他的上司

被調離職，換來了另一位女上司管綺雯。她對著公司大老闆就如女僕一樣千依百順，至於她不喜歡的下屬則會以不同的理由令他們在眼前消失，其中有三位員工在她上任後不足一個月，以犯了一些小過錯為由把他們辭退，而承修在公司唯一的戰友建宇也不堪每天因微不足道的小事被責罵，忍耐不住遞了辭職信。至於承修，仍然坐在市場部經理的名牌後，他依然能夠留下來，並不是因為管綺雯喜歡他，只是因為對她來說，承修仍然有「價值」。事實上，自從管綺雯上任以來，她未曾好好跟承修相處過，無論在日常事務抑或會議上，彼此都針鋒相對，而同事為了保住飯碗，在會議上的決定往往都偏袒管綺雯。但最令承修不滿的，就是他在每個月遞上的那張請假申請表格時，起初只會遭她白眼，及後她卻以公司業務繁忙為由，多次拒絕承修的請假申請，他們因此鬧翻過很多遍。

　　接近凌晨時份，承修仍然要在公司加班工作。

　　「穎婷，對不起，我下一個月又不能來找妳了。」他一面在通訊軟體中打字，一面看著眼前管綺雯的房間。

　　「不打緊，我知道你很忙，工作緊要。」穎婷早已從醫院回家，看著承修寄給她的那套《錢的盡頭是戀愛的開始》。她知道最近承修的工作起了變化，令她開始憂心起來，她說：「不如我回來，你以後便不用請假來陪我。」

　　「我不想妳因為我而作出任何改變。」

　　「只要改變可以令事情變得好起來，我願意改變。」

穎婷的心意，承修是明白的，但不知道是甚麼原因，承修不希望穎婷回來。或許是他真的不想穎婷因放棄原本的工作機會而後悔，或者是他一直都是過著單身的生活，如果穎婷回來，他們便會同居，到時可能會出現意想不到的問題，影響雙方的感情，又或許……他沒有跟穎婷提及他的真正感受，因為怕她有任何誤會，令事情變得複雜起來。

　　「我會支持妳任何決定。」承修在這個問題上作出了妥協，他不想令穎婷對自己有其他想法，而且他已經認定了穎婷，兩人將來都會一直相處下去，何不及早互相適應下來？

　　穎婷的工作情況相對承修簡單得多。她不捨得在醫院合作了多年的同事，她不捨得屋主的幫忙和體諒，她不捨得滿載著溫馨和甜蜜回憶的房子，但她願意放棄這幾年間在那裏建立的一切，因為縱使有多不捨，她最不捨的只有承修。她希望日日夜夜對著自己心愛的人，以後再不用一個人生活，以後再不用面對孤獨、恐懼和黑暗。她離開的時候，沒有帶走太多物品，因為房子裏本來就是幾近空室。這次的離開，穎婷完全沒有後悔，反而覺得可以與承修展開新一頁，暗地裏覺得興奮與期待。

　　工作方面，穎婷在離開利物浦之前已經把求職信寄往香港各大醫院和機構，不俗的學歷加上過往在外地多年的工作經驗，正如她所想，不愁沒有工作機會。她來港未夠一個月，已經接受了多次的面試，最後她選擇在衛生署擔任藥劑師，薪級表屬於41點，接近該職系中的薪級頂點，而且工作時間穩定，薪金更勝從前。穎婷的下一個目標就是高級藥劑師，如無意外，薪酬也將會

進一步提升。

　　相對承修，他自從畢業後便在那間家庭用品公司做事，擁有一批固定的客戶，這也是他在公司裏唯一的「價值」，但自從管綺雯入主以來，她不斷與承修的客戶私下聯絡，並經常前往他們所屬的公司打好關係，這種司馬昭之心沒有令承修感到特別不快與不安，因為承修早已對這份工作死了心，此舉只是加快了他出去闖一闖的決定；而最重要是他得到穎婷的鼓勵，她絕對相信承修的工作能力，所以最後承修也決心離開了舒適圈，投身了一間開業不久的網絡開發公司。

　　他們同時在工作上展開了新一頁，生活亦然。穎婷搬進了承修在炮台山的寓所，這裏是承修在幾年前買入的私人樓房，現在仍然處於供樓期，加上父母的家用和日常開支，自己每月的儲蓄實在所剩無幾，而穎婷一直希望在這方面減低承修的負擔，但是承修想到穎婷是因為自己而放棄了在外地的工作和生活，因此不想她失去更多。

　　或者就是執著於自己的這份尊嚴，兩人在生活上產生了不少意想不到的問題。就如簡單的一餐飯，平日承修對食物沒有特別要求，但求快、飽、便宜就可以，但每晚跟穎婷用膳，雖然不至於要吃盡珍饈百味，但單是每月外出吃飯的開支，相比在承修獨居的時候便多上了好幾倍。承修當然沒有跟穎婷提及這個問題。他想：就連給自己的女人吃得好一點也做不到，那怎樣去當一個男人？

　　當承修在入職新公司的初期，老闆還是挺滿意他的工作表

現，薪金也按年提升，雖然相比穎婷還差一截，但一切似乎都漸入佳景。然而，翌年遇上全球經濟不景氣，承修的公司開始進行裁員計畫，縱使他可以繼續留守，但因為人手不足，就連他不熟悉的網上製作、維護等工作也要兼顧，有時甚至要處理客戶的投訴，身兼多職後令他的工作壓力猶如在管綺雯的時期。而最大問題是，以往他工作了一整天，即使身心疲累，但只要回到家中可以甚麼也不做，攤在沙發上喝著啤酒看電影之後，便可以充好電翌日再去打拼；如今屋內有另一人在守候著自己回來，再怎樣懶也不能回家後攤在沙發上甚麼也不做，再怎樣懶也要接收對方在生活、工作和家庭之間衍生的牢騷，再怎樣懶也要兼顧對方的情緒變化，生怕女人發脾氣後要花心力去修補關係等等。以前的「回家」和現在的「回家」，以前的「假期」與現在的「假期」，已經變得不一樣，對於承修來說，這已經不知不覺變成了一種壓力。

承修當然也沒有跟穎婷提及這個問題。他想，這種小事自己也處理不到，將來結婚後如何相處下去？

結婚？承修想到此，想呆了。

承修的表象，統統都給穎婷看下去。她不得不開始憂心，不只是因為她覺得在香港與承修過著的同居生活，總是跟在利物浦那些日子不同，她更發現承修的變化，與自己前度的行徑愈來愈相像。表面上彼此在生活間能夠互相遷就和忍耐，但問題一直未被好好處理，而這些問題亦正在日積月累之中。

穎婷想到此，也想呆了。

　　承修的工作量有增無減，而且因為從事自己不熟悉的工作，遇到的問題天天都多。他開始被老闆質疑工作能力，但愈被老闆質疑，承修便愈努力，想方設法去證明自己的能力。他每天都待至近深夜才離開公司，翌日九時便返回公司與客戶開會，這個工作循環維持了好一段時間。然而，承修的工作真的是海量？還是他根本不想回家？

　　公司裏有不少同事與承修一樣，捱更抵夜，有時承修覺得，幸好自己還有這班合得來的同事，自己才可以撐過來。每晚的鍵盤聲響徹辦公室，但偶然他們也會說個笑話，或者分享食物，緩和緊張的工作氣氛。

　　「你今晚又要在公司工作了嗎？」晚上七時，承修收到了穎婷的訊息。

　　「沒辦法，明早要交一份季度報告，現在只寫起一半。」承修很快便回覆。

　　「那你記得好好吃飯，今晚我們再談吧。」

　　「好～」

　　這是承修給穎婷說的第一個謊言。

　　那天晚上，季度報告早已經寫好了，所以承修希望與同事一起飲酒慶祝，他知道自己可以誠實一點，把實情告知給穎婷，但他最近的生活實在過得十分繃緊，他只是希望出外輕鬆一下。他跟自己辯說：「只是一晚而已。」

　　穎婷知道承修晚上不能與自己吃晚飯，於是相約她的好朋友

相聚，飯後她們如往常一樣，在商場外的大型平台上看著街坊溜狗。閒聊間，穎婷看著其中一頭拉布拉多慢慢走近了平台旁邊的一對男女，他們互相依靠著，接著步履不穩地一起離開，穎婷一直凝視著他們消失的身影，幾可肯定那個男人就是承修。

當時穎婷沒有告訴身邊的朋友，也沒有想過追上前去證實甚麼，她只是跟朋友說身體有點不適，想回家休息而已。一路上，她一直低著頭，腦袋陷入了一片混亂。

她最不想看到那個情境。正確一點來說，是她最不想再看到那個情境，因為那個情境與她看見前度與第三者在一起的時候沒有啥分別。

穎婷回家後，拿著手機，久久沒有放下。她心想：我要像過去跟前度一樣，致電給他，然後大發雷霆？抑或留下訊息，說自己撞破承修在說謊？

她放下了手機，甚麼也沒有做。直至凌晨二時，承修半帶醉意回來，她假裝已經入睡，但枕頭已經濕透了。

那天開始，穎婷的說話少了很多，留給承修的訊息也少了很多。每過一天，穎婷都心如刀割，因為她看著承修，似乎沒有想過為當日的謊言解話，他一天不作任何解釋，對穎婷就如多一份傷害。每一天的過去，再想起當晚承修與那位女孩子互相依偎的情景，便會迎來每一天的心痛。

過了幾天，承修開始覺得穎婷有點不妥，但他只是認為穎婷一定又在工作上遇上針對她的同事，或者上司如何壓迫她等小

事。他主動關心了穎婷，然而，穎婷似乎沒有意思再向他訴說自己的牢騷，對於毫不知情的承修來說，迎來了難得幾天的耳根清淨與安寧。

那年的年尾，承修被裁掉，公司的同事含淚送別他的離開。當天下午，他一個人坐在西環的海傍，想著何時可以找到另一份工作，想著以現有的積蓄可以捱過多少日子，想著自己的工作能力是否已經不合時宜，想著當時聽從穎婷的意見離開舊公司的決定是否正確，想著如何跟穎婷說自己被裁掉，現在有誰可以倚靠？

承修打電話給穎婷，沒有人接聽，他在留言信箱說道：「我被裁了，想靜一下，遲一點回來。」

沒過多久，穎婷留了訊息：「不用灰心，也不用擔心，我相信你很快便可以找到一份更加好的工作，我們今晚再談吧！」

承修看了看，嘆了一口氣，抬頭看著天空，甚麼都沒有。

到了晚上，承修回到家中，看到桌上都是海鮮。穿上了圍裙的穎婷急著說：「今餐我親自下廚，快點洗手吃飯吧！」承修笑了一笑，那是在利物浦最後的晚餐的菜式，因為每次承修離開當地前的一晚，都是由穎婷下廚，煮的都是承修最喜歡的茄汁大蝦、清蒸扇貝和蟹肉炒蛋。晚飯期間，承修沒有提過被辭掉的事情，只是一起看著那不斷重複的新聞報導。

空碟上只有吃剩了的菜汁，這時，穎婷靠近了承修，「我們很久沒有一起了。」

承修其實沒有興致，但由手臂擠來的柔軟令他重拾了久違的感覺，穎婷再挺直了身子，在承修的耳朵不斷騷癢，綁在背後的圍裙繩結被慢慢鬆開，承修奪回了主導權，順勢一面吻著，一面把整個穎婷抱到睡房裏去。

很久沒有在一起了，這也是最後一次在一起了。

那天晚上之後，穎婷沒有像平日一樣，放工後便回到承修的家中。她跟承修說：「最近工作有點忙，星期一至五我會暫時回到父母的家裏住，如果星期六、日你需要我的，我再來陪你吧。」

承修不知道穎婷是否真的因為工作忙碌而有此決定，他不想查根問底，也沒有心力去查根問底，他不想見任何人，只想每天一個人待在家中，穎婷在這個時候說要搬回父母家住，某程度上正合他的心意。

相處七年了，穎婷怎會不知道承修在想甚麼？

到了這個時候，承修實在無法兼顧愛情，穎婷的心裏也留下了永遠的裂縫。

在接下來的日子，承修每天都在找工作。他做過了很多臨時工，文員、翻譯、司機、銷售員、收銀員、數據輸入員，閒時也會當「步兵」送外賣，每天就只有四、五個小時睡覺，左慳右慳，生活勉強可以撐過去。在那一年間，他沒有找過穎婷，他不想任何人擔心，更不想任何人憐憫，況且，他知道自己現時的狀況，與現在的穎婷比較起來，實在相差太遠。

在這身心累極的一年間，承修偶然會翻開衣櫃，看到她的衣服和日用品，有時也會掛念著穎婷。他打開了通信軟體，不斷往下掃，找到穎婷的帳號後，呆著良久，不知道怎樣開始說起，又關掉了手機。

承修回想起來，是穎婷主動說要暫時離開，還答應可以在周末陪伴自己，而自己又沒有說過分手之類的話，所以承修相信，大家只是在冷戰，總有一天可以重聚，重回那段美好的時光——儘管這是一廂情願的想法，但承修確信如此。

早前寄去了百多封求職信後，承修開始獲得了面試機會，最後他選擇在一間大型的百貨公司裏任職，無論福利和薪酬都更勝從前，他在事業上重獲了機遇，生活也逐漸重回正軌。承修以為自己已經渡過了人生最艱苦的日子，一切可以從頭開始。

當天，就在承修回家想致電給穎婷的時候，他發現屋內的家具擺設被移動過，放在大門旁邊，屬於穎婷的拖鞋不見了，洗手間的化妝用品不見了，衣櫃第一格裏放上穎婷的衣服也不見了。床鋪上留下了一封信。承修心跳加速，雙手不其然顫抖起來。他慢慢攤開了上下震動著的信紙：

承修：

我要走了。

昨天，當收到你的訊息，說著終於找到合適的工作，可以重回昔日那些日子，我十分高興，真的為你感到十分高興。我知道

自從失業後，對你的打擊很大，你不但懷疑自己，也想逃避所有事情，所有人，包括我。我明白的，亦很了解，你不想拖累我，不想帶給我任何壓力，所以，即使你對我開始冷淡起來，我也不斷跟自己說：這個難關，我一定要與你捱過去。

但是那一天的晚上，你說要待在公司完成那份報告，卻給我看到你在街上跟一位女孩子走在一起。那一刻，我突然好像透不過氣來，當時我完全沒有反應，只是呆呆地看著你們互相依傍，然後慢慢在街角中消失。你知道嗎，這個情境已不是我第一次看到，我跟前度分手的前一天，就是看到同一個情境。

在最初認識你的時候，我已經覺得你跟他十分相似。對我千依百順，就算是我的不是，你也沒有怪責過我半句，而是選擇忍耐，這種佛系的性格對我和其他人也一樣，令你的身邊出現了不少異性。我知道，問題有時不在你的身上，而是我根本無法忘懷以前經歷過的悲痛，你愈是這樣待我，我便愈覺得終有一天你會跟他一樣，做著同一樣的事情。

我知道這種想法對你很不公平，但當我愈愛你，我便愈感到害怕，我真的十分害怕會失去你。說真的，即使我放棄在利物浦建立的一切，我也覺得是值得的，想著以後可以每天與你相見相處，我便覺得沒有其他事情比這個更重要。但想不到的是，現在每天的朝夕相對，比起五年前期待每個月見面的日子，我們的關係反而倒退了。

我曾經嘗試努力挽救，你對我的冷漠，我甘願承受，深信將來的日子會更好，直至當晚之後，我的信念徹底破滅了。

　　你可能對自己的謊言有很多解釋，但就算我被你說服，發現
這其實是一場誤會，那個情境……那兩個不謀而合的情境，永遠
都會停留在我心底的某處，成為永遠不能磨滅的枷鎖。我不立即
跟你說要分開，是我知道你一直被自己無謂的尊嚴壓下去，總是
不願意與人分憂，讓人分擔，即使我當時已經心痛至極，但也不
願意在你最失意的時候雪上加霜。

　　請原諒我的任性，待至今天才跟你說這番話。

　　今天早上，我來拿走了我的必需品，其實也沒有太多東西，
可能我已經習慣了四處漂泊。

　　我要走了，多謝你給了我這麼多美好的回憶。

穎婷

　　P.S.雪櫃太多啤酒，雜物櫃裏太多薯片，不要再以這個配搭當晚飯
吃了。近房門的窗框有點鬆，要相約師傅前來修理的了；我走前給你掃
了一次地，免得你又睡在地上，整晚做人肉吸塵機……保重啊。

　　承修坐在沙發上，慢慢鬆開了領帶。看畢這封信後，整個人
都充滿了無力感，縱身向後躺在椅背。他看著窗邊，天還未黑，
但甚麼也沒有。

　　承修從沒想過要跟穎婷分手，他相信待自己一切安頓好後，
調整好心情，才找穎婷解釋，祈求她的諒解，以他對穎婷的了

解，她一定會原諒自己。現在，穎婷主動拿走所有東西，就像掏空了承修的所有。

「可以怎樣？」

他一直問自己。

那天晚上，他就這樣一直躺在沙發上，沒有開燈，任由被黑暗逐漸吞噬。

第四篇

孤獨永遠

漱口杯上只剩下一支牙刷。

羅凱翔經營了七年的愛情最後都要劃上句號，所有事物都由雙數變回了單數。

那個時候正值寒冬，凱翔每天早上都要冒著逆風走過一段大直路前往過海的士站上班。他選擇的音樂清單上全是輕快的歌曲：周杰倫《Mojito》、柳應廷《狂人日記》、Official髭男dism《I Love…》……但每次想到她拿著行李離開的那一刻，眼淚就會在急促的旋律間流過。凱翔最初會任由它們流下，因為強勁的逆風會把它們從兩邊吹走，免得淚水沾濕了她編織的頸巾，帶走那剩下的溫暖，「這或者是上天給我的一種安慰」，凱翔一直是這麼想。走了十五分鐘，冷靜過後，他自己也不禁自嘲：「怎麼聽跳舞歌也會哭？」然後在到達的士站之前抹乾眼框上剩餘的淚水，如常般一直守候。

工作不會令傷痛的感覺麻木，但最少可以有幾小時甚至十幾小時讓凱翔暫時放下。每天早上坐在用上十年以上的Herman Miller後便不會有閒著的時候，大量的電郵、無間斷的會議，還要與不同的同事見客，介紹廣告片，製作修改再修改，無限輪迴，每次都要使出小宇宙才能在死線前完工，每次都說要轉工，但每次看到網上、電視上出現自己的作品後，又會打消念頭，重投這種無限輪迴之中。以往或會因豐富的感情生活而萌生辭職的念頭，但現在每天回到家中，發現人去樓空後，凱翔就窮得只有工作才可以忘記自己。

程千惠把他的一切都看在眼裏。

她與凱翔隸屬不同部門，偶而也會有合作機會，但凱翔卻不太期望有這種機會。千惠的工作能力最多只可以說是稱職，事實上，由她創作的稿件符合了所有的要求，唯獨每次都是來自舊一套的思考模式，創意欠奉，四平八穩除了用來形容她的身形，也是用來形容她的工作表現。對於每次都希望有不同點子出台的凱翔來說，這明顯不能滿足他的要求。

　　「跟千惠合作的那個飲食集團項目進展順利嗎？」上司兼好友宗翰走過來閒聊。

　　凱翔縮一縮肩膊：「順利，只是我想她在計畫書上加多一點切合集團發展方向的新意，所以我讓她下星期再一起討論。」

　　「她沒有對此不滿嗎？」宗翰問。

　　「最初也有微言，但後來她聽了我的解釋，也同意去修改一下。」凱翔說。

　　宗翰語帶微笑著說：「她只會聽你的，如果其他同事要求她修改，一定又會向我投訴。」

　　「只要是有道理，我相信她還是會聽下去的。」凱翔其實大可藉著這個機會向宗翰表達對千惠在工作上的不滿意，但是他沒有這樣做。客觀來說，千惠在公司不是十惡不赦、屢勸不改，況且凱翔也不是那種喜歡說三道四搞分化的人，宗翰就是喜歡凱翔這一點。

　　宗翰一面拍著凱翔的肩膊，一面繼續笑著：「那千惠就交給你了！」

「嗯。」凱翔的雙手和眼睛一直未離開過鍵盤和螢幕。隔了數秒，想回宗翰那句說話，凱翔停了手，抬頭看著宗翰剛離開的背影，才開始明白他的意思。這時候他發覺自己已經不知不覺墜進宗翰設下的「陷阱」，他只能無奈地搖著頭，苦笑了一下，繼續工作。

宗翰是凱翔的好友，當然知道他剛回復了單身後的心情和狀況；身兼他的上司，自然也不難從其他同事的口中得知千惠對凱翔的心意。

那份計畫書的進展沒有預期般順利，千惠新增的建議內容依然感覺空泛，製作預算也超出了客戶的要求。死線逐日迫近，但凱翔已經習以為常，唯千惠卻有點迷失，凱翔遂不得已介入千惠的工作，希望能夠預期把計畫書交給客戶。凱翔沒有怪責千惠，只是千惠感到十分愧疚。

凱翔走到千惠的工作枱旁，說：「妳今天先回家吧，這部分我會跟進。」

「不，這是我負責的工作，我怎樣也會親自去完成……我去你隔鄰的座位工作吧，那我們便不用再走來走去。」說罷，千惠便捧著大疊文件走到凱翔隔鄰空置的座位。

已經是晚上十一時，辦公室裏只有凱翔附近的燈還亮著，鍵盤的聲音此起彼落。不久，凱翔的電話突然響了起來，是客戶祕書的追魂call，電話筒的另一邊表現出不安的情緒，直至凱翔作出多番的承諾，對方才放心掛線。凱翔放下了電話，呼了一口

氣，辦公室裏頓時陷入了寧靜，鍵盤上再沒有發出打字聲，只聽到輕微的呼吸聲，凱翔站起來一看，千惠的臉已經被那把凌亂而濃密的長髮完全掩蓋，而臉旁就是那些堆積如山的文件夾。凱翔知道自己怎樣勸說，她也不肯回家，唯有除下外套，微微屈曲著腰間，輕輕搭在千惠的身上，這是凱翔第一次聞到千惠傳來的體香，他重回了姿勢，呆呆的看著她，不知不覺心存了感激之情。

凌晨三時，千惠被影印機起動的聲響驚醒，她猛然起來，原本蓋在她背後的外套隨之滑在地上，仍處於半夢半醒狀態的千惠聽不及凱翔大叫：「勿動！」千惠已經順勢把椅子的滑輪向後滾，就這樣，一件衣櫃裏最昂貴的西裝便留下兩道又深又穢的路軌。

「對不起！」千惠發現後已經太遲了。

「算了吧。」凱翔已沒有力氣去介意。

「已經三時了？對不起，我會儘快工作的了！」千惠慌張起來。

「不要再說對不起了。計畫書已經寫好，待影印完這些文件後，我送妳回家吧。」凱翔站在影印機前說。

「你一個人完成了計畫書嗎？」千惠半信半疑。

「不是我一個人，我是跟著妳給我的方向寫下去的，沒有妳的幫助，我今晚要在這裏宿營了。」凱翔笑著說。

千惠把半掩著臉龐的頭髮撥回原處，她一面梳理，一面說：「對不……謝謝你，凱翔。」

凱翔拿著影印好了的文件，返回座位，看到千惠臉上那邊因剛才睡覺時被手臂壓著而留下的「疤痕」後，忍不住把剛才影印好了的文件輕輕拍著她的頭頂回應：「傻瓜。」

千惠低著頭，笑得十分甜美。

「好吧，執拾一下，我送妳回家吧。」凱翔笑說。

「是。」千惠有點不相信，究竟自己是不是還在造夢？

在的士後座，兩人幾乎沒有說過話。凱翔看著右方的馬路，千惠看著左邊的街景，情況就好像兩人坐上了泥艋的一樣，互不相識。過了二十分鐘，的士抵達了千惠家的樓下，這時，凱翔才轉過頭看著千惠，想跟千惠說：「辛苦了」、「早點睡」之類的客套話，卻給他看到千惠身上的那條安全帶，把緊繃的雙峰都溢了出來，凱翔立時轉睛，裝著四處張望，待千惠解開了它後，才尷尬地說：「再見。」千惠也回應了，然後抱著工事包離開了車廂，車門關上後，的士也絕塵而去。

千惠低著頭，走到大廈門口前停了下來，回頭看著剛離開的那部的士，凱翔沒有回過頭來。

翌日早上，他們準時回到工作間，預備稍後的presentation。客戶的代表陸續進入了會議室，宗翰、凱翔和千惠早已準備好，千惠穿上了白恤衫和寶藍色長裙，她沒有受昨晚的勞累影響，反而表現出前所未有的笑容和自信，就連平日說話懶懶閒的語調也變得錯落有致。她把廣告中的賣點演繹得相當精準，不但切合了客戶的要求和偏好，而且表現出獨有的創意，這正好配合客戶未

來發展業務的風格。千惠得到了應得的掌聲，即使客戶及後提出了修改的意見，但經過了凱翔的解釋，整項計畫只需要作出微調，之後便可以交予製作部跟進，整個會議得到意想不到的進展，宗翰和客戶代表也順利簽下了合作協議。接著，凱翔和千惠相送客戶離開辦公室，在升降機門前很久沒有出現這種熱鬧和歡樂的氣氛。待升降機門關上後，凱翔舉高了右手，千惠便順勢來個擊掌，這時，公司的大門剛被宗翰打開，他笑著對他們說：「今晚訂了位，如果不阻你們的話，一起來慶祝吧！」

「好呀。」

看到他們這樣合拍，宗翰在公在私，也放下了心頭大石。

每次成功簽署一宗合約，賺取的利潤便足夠公司營運半年，而宗翰為了答謝員工，亦不惜在自己的住客會所中擺下盛宴，同事們都笑他新意欠奉，但每次也會前來參與，因為他們玩到通宵達旦後，翌日可以大條道理待至下午才上班。

這次的慶功宴也是在同一個地方，十多個同事唱的唱，喝的喝，盡慶中的凱翔已經唱到喉嚨沙啞，正當他回氣之間，閒著看看手機的時候，他在社交媒體上發現前度剛上載了一張手牽手的相片，本來興高采烈的情緒好像失卻了所有動力般靜止下來。

「凱翔，到你那首飲歌了。」同事們不斷催促。

「你們先唱。」凱翔一直看著螢幕說道。

他們以為凱翔在忙著與客戶聯絡，只有千惠不認為是這樣，凱翔不會因公事而有這樣的情緒波動。千惠拿著酒杯與同事閒

談，卻一直注視著凱翔，他看完手機後，盯著枱上那半杯的威士忌，呆了一會，便二話不說一口喝了下去，很快他又回復了剛才的興致，拿著米高峰聲嘶力竭地狂歡。

公司裏的凱翔與公司外的凱翔是兩個人，但同事們都看慣了。

這個晚上，每個同事都盡興而回，他們都說自己「我無醉」，但這句說話出自凱翔的口中最不可信。

宗翰叫了的士，並對千惠說：「你們順路，先上車吧……凱翔交給妳了。」

「是。」千惠托著凱翔的手臂，他卻輕輕地推開了她：「我自己走好了，謝謝妳，千惠。」於是獨個兒搖搖擺擺地上了車。

當車門正要關上的時候，千惠突然趨前擋著車門，「來吧，我送你回家。」於是便擠在後座剩餘的空間，關上了車門，對著司機說：「麻煩你，何文田尊尚居。」

後座的空間其實十分充裕，但凱翔上了車後沒半點意思再坐過一點，好讓千惠坐得寬敞一點，兩人就這樣緊靠著，從未如此緊靠著。凱翔很久沒有感受到肌膚的柔軟感，千惠也是第一次接觸這樣燙熱的體溫，兩人互目而視，直至司機說：「請你們扣好安全帶。」兩人才彷似酒醒，凱翔連忙說：「對不起。」他隨即動身一彈，坐在座椅的另一邊，這時兩人才有足夠的空間扣好安全帶。

「不用客氣，這個時候有很多路障，我是擔心你們被警察看到要罰錢罷了。」司機用心良苦，但他們一點也領匯不到，因為

凱翔那句「對不起」其實是向千惠說的。他們如以往一樣，兩邊的安全帶都扣在不同的方向，正如他們的視線也一直看著不同的方向一樣。車子停在交通燈前，只聽到收音機傳來馮允謙的《A New Day》，兩人似乎沒打算說任何話。這時，凱翔的視線離開了窗外的商舖招牌，慢慢轉頭看著身邊的千惠。安全帶不但清晰地分隔了那對豐滿的玉峰，就連她那件白恤衫上的鈕扣也被互相擠壓得凹凸不平，甚至隱約看到了白色的花紋內衣。突然間，司機不待轉至綠燈便踩油向前衝，凱翔的身子頓時往後一仰後，便沒有再看下去，他只感覺到自己的體溫正在不斷攀升。

不消半小時，的士便抵達了目的地，凱翔先下車，他付了足夠的車費，叮囑千惠回家後告知他平安，便頭也不回奪門而去，他想儘快重新呼吸一下清新的空氣，好讓自己清醒過來。離開了車廂後，最初他的步履仍然不穩，但深夜的冷風迎面吹來後，令他清醒了不少，步韻也開始變得踏實，凱翔聽到那熟悉的引擎起動聲響後，便慢慢地朝著大廈門口走去。這時，他才回想起自己還未跟千惠說再見，回過頭來，他已經看不到那部的士，只看到千惠站在路旁呆呆地看著自己。

淡淡的兩片唇香略帶橙甜味，但很快便被舌尖的唾涎溝淡，凱翔再次聞到那種來自身體獨特的玫瑰花香，香水有點苦澀，他深深吸了一口後，沒有再在頸項附近探究，而是隨著雙手體會到那豐盈的柔軟感覺，由上而下，逐層模索。他沒有想過遠觀與近望同樣令人驚歎，也不想跟過去作比較，只是因為對方的呼吸聲愈來愈深沉、急促，加上嫩實的肉感與緊緻的肌膚高低起伏，令

他更加沉醉其中，這一刻，足夠令凱翔慰藉早前受過的傷痛。白恤衫早已解封，凱翔沒有再進一步，只是把千惠抱得更緊，讓自己的臉被完全隱沒其中，但千惠一方沒有靜止下來，她不想凱翔離開自己的懷裏，雙手往後一扭，最後的白色花紋也被彈開，凱翔看到了真正的千惠，千惠也完全感受到真正的凱翔。深夜時分再沒有絕對的寧靜，只有他們一直在此起彼落。

　　晨光從兩塊窗簾之間射出了一線光，剛巧照在凱翔的眼簾，迫得他往千惠那邊靠。他盡力地睜開眼睛，發現她的手一直捉著自己，被子遮掩不住她深厚的乳溝，凱翔看著那充滿幸福感的臉兒，往前一靠，吻著那兩片早已被磨掉了的唇印，留下了2.5秒的溫度後便起了床，簡單的梳洗，換了一套全新的衣服，在桌上留下紙條，便悄悄地離開。

　　千惠在大門關上後才睜開眼睛，她看著凱翔的家居，既熟悉，又陌生，昨晚兩人走遍了全屋，現在就只有自己。她用被子包裹著身體，慢慢地拖著它往廳處走，只看到餐桌上有一張紙條：

離開時關門便可以了。

翔

　　千惠當然明白這句說話的意思，就是說不用鎖匙，直接關上大門便可以離開了，但是她不明白為何凱翔就只留下這一句。或者她不是不明白，只是不願意承認，一句簡單而冷漠的句子，其

實是凱翔在暗示希望淡化昨晚的事情。

中午時份，同事逐一回到辦公室，凱翔由於要整理客戶的修改內容，所以一早便回到公司與製作部同事進行會議。千惠沒有回家，只是穿回昨晚的套裝返回公司，當升降機門一打開，她便看到了宗翰，不知從哪裏來的心虛，她尷尬地低著頭說：「早晨。」宗翰看一看她的表情和裝束，笑著回了一句：「午安。」但千惠來不及已經奪門而出。她一直走著，經過會議室，聽到一把熟悉的聲音，她抬起了頭，停下了腳步，看到了凱翔在會議室裏的大型電子螢幕前左畫右寫，她看著這個熟悉但陌生的凱翔，隔了良久才再重新起步返回自己的座位，而凱翔在說話的瞬間也看到了千惠的背影，只是他沒有停下來，與製作部的同事討論得火熱。

他們的關係沒有任何改變，至少表面上沒有任何分別。

工作和挑戰沒有間歇。在行內，宗翰的公司只屬中小型規模，雖然有著很強的人際網絡，但每宗合作所涉及的金額遠遜大型公司。而在經濟環境低迷的情況下，很多客戶對廣告支出的預算愈來愈保守，甚至有些小型客戶，眼見滿佈暗瘡的Jackeline和多邊型會計妹等低成本的廣告製作也可以有如此回饋，更紛紛壓低了預算，希望請廣告公司可以幫助他們製作類似的廣告奇葩。在不求效果，但求結果的廣告氛圍下，加上要維持公司的客戶關係和營業額，宗翰有時亦不得已大小通吃，令各同事的工作量不斷增加。

不過對於凱翔來說，其實沒有多大影響。自從他回復單身

後，一直專注於工作，工作量的增加只會令他的生活更充實。他寧願在工作間通宵達旦，也不願坐在家中的沙發上發呆，回想已逝去的故事。至於辦公室戀愛，他一直相信，長期相處在一個細小的工作間，男女相戀甚至相愛是正常不過的事，而無論外人認為雙方的樣貌、性格、喜好、談吐、舉止甚至年齡如何南轅北轍，當中總會暗藏著很多意想不到的關係，但只要處理得成熟的話，晚間和日間的他和她，可以是同時同地共存的；最怕和最差的結局，就是任何一方演技差劣，或是不幸被人撞破，影響了工作關係，最後事業、感情兩失意。就這方面而言，凱翔正在學習和適應，而千惠也明白，只有保持這種「社交距離」，她才可以繼續工作，延續溫柔。

這幾個月以來，凱翔和千惠也有不少合作機會。雖然他們的對話總會帶著一些覷睨，但說話中也有一種主客之分的感覺，就是無論凱翔提出任何提議，千惠總會言聽計從，而即使千惠在工作上出了錯，凱翔也不會在同事間直斥其非，彼此的護主和愛護的關係感十分強烈。凱翔隔鄰的座位是空著的，但當兩人要夥拍應付同一個客戶，千惠便會如往常一樣拿著大疊文件夾坐在這個座位上工作，雖然其他同事亦曾有這個工作習慣，但他們似乎已認定了那是千惠的專屬副座，只有千惠和凱翔有著一種不一樣的關係。

因同事之間的感情影響到工作，那怕只是流於閒言蜚語，已令凱翔開始變得懊惱不已。

他不是不喜歡千惠，但是僅止於喜歡；千惠很愛凱翔，甚至

有點不能自拔。兩人都明白這需要時間磨合去縮窄雙方的距離，但是凱翔知道，即使有一天他們到了那個時刻，雙方匯合到了那個交匯點，他也不會公開彼此的關係，因為在公司談戀愛，只會影響雙方的感情，甚至影響到雙方的工作，這是凱翔最不想看到的。

凱翔不能丟棄這份工作，因為在這個時候，工作就是他的全部。

他不能把自己的想法強加於千惠身上，甚至開出只要她離開公司，他們便可以在一起這種無理的條件。

因早前的傷痛而令心底處出現的缺口，一直久久未能填平，凱翔希望盡快尋找另一段戀情好好地把它修復過來。他也有想過千惠成為自己的修復者，但經過一次又一次的嘗試，凱翔仍然未能累積到足夠的愛讓這段感情開花結果。他覺得，預期不會公開承認，只是在不斷拖拖拉拉，倒不如斬釘截鐵，免得浪費雙方時間。

凱翔以為，在交友網站上結識了健身教練瑤琳後，問題便可以得到解決。

男人總是要擺出一副可以應付任何問題的姿態，尤其在處理感情的手法上，但往往不知道這是他們最大的弱項。

在一次中學同學的聚會中，凱翔帶上瑤琳跟大家打了招呼，席上無不感到錯愕。在他們的認知中，還停留在凱翔與前度的關係，如今在座的卻是新面孔，自然百般不解，尤其是那些男同

學，看到這位身裁高佻豐滿、說話得體的甜姐兒，羨慕之情無不投射在凱翔的身上。他被前度捨棄的過去，如今在別人豔羨的目光之中，彷彿拾回了自尊，重拾了自信，他從此可以名正言順，在不同的社交場合展示自己的這份「成就」。

感情上，雖然只是由零開始，但凱翔和瑤琳都願意認真看待對方。平日因工作關係甚少見面，或者就是這份期待，讓他們每逢到了周末和假期的時候都顯得特別激情。瑤琳會主動在公眾場合與凱翔來個擁吻，後者有時也會覺得不知所措，每次去到對方的房子，瑤琳便會很自然地脫剩內衣，有時甚至一絲不掛；而每當知道瑤琳要到訪自己的房子前，凱翔都會關上所有窗簾，免得別人從遠處窺見，而每次瑤琳看到這個情景之後，也會挑逗著凱翔說：「你總是營造這種氣氛，難道你現在就想要嗎？」

下了濃妝後的瑤琳失卻了不少姿色，也有歲月應有的痕跡，但是她的體態卻是所有男人夢寐以求。她總是喜歡反客為主，奇招百出，剛剛三十歲的瑤琳眼中，看著三十六歲的凱翔，有時會覺得好像對著一位未懂事的年輕人，要由她慢慢引導，循循善「誘」，凱翔才懂得深入了解和配合。但最令凱翔不習慣的，就是那一支事後菸，每次完事後，瑤琳也會點燃她的電子菸在床上抽，凱翔沒有抽菸的習慣，也不太介意瑤琳抽菸，反正他在工作間接觸的客戶比她抽得更猛，但床上抽事後菸的不是自己，而是女伴，這個畫面會否有點怪異？

「呼～」瑤琳側睡背靠著凱翔，向著那玻璃窗的罅隙噴出了一口煙。

看著那條蛇腰曲線的背部，凱翔不禁趨前抱著瑤琳，嘴唇停留在她的耳背間，雙手已經輕輕地游走到各處。這時，瑤琳突然轉身，向他狂呼了另一口濃煙，凱翔頓時嗆得咳嗽連連，瑤琳看著他狼狽的樣子，沒有任何安慰，只是大笑過後，繼續對著窗邊，一直呼吸著她最喜歡的尼古丁。

　　瑤琳在任何時候和地方都擁有這樣的主導權。

　　由於工作關係，瑤琳不乏拍拖經驗。最初她與其他少女一樣，對戀愛有著美好的憧憬，但隨著年紀漸大，她開始發覺大多數愛情的起點都是性愛，當性愛變成了習慣，雙方的感情自然也會轉淡，而兩人的矛盾和忍耐到達了臨界點後，結果就是不歡而散。所以，她學會了在愛情的路上採取主動，以強勢凌駕對方，即使日後兩人來到了分手一刻，自己也可以走得灑脫一點，傷得輕一點。

　　比較過往的男人，凱翔的確是最好的一個。瑤琳有時會目不轉睛地看著沉睡中的凱翔，真的有想過與他一直走下去，但最好的一個並不等如最喜歡的一個，她不想付出更多，免得好像以前一樣受到創傷。事實上，她也感覺到凱翔一直沒有百分百付出，他只是一直在忍耐著自己的不是。如今兩人走在一起，只是好像游走在無邊際的大海途中，突然找到一根木頭可以休息一下而已。

　　一天晚上，凱翔離開了洗手間，看著瑤琳光著身子，坐在床上，拿著電話與她的男性客戶言談甚歡。她一面抽著香菸，一面跟對方談笑風生。這時，凱翔氣得坐在沙發直盯著她，待瑤琳掛

了線後，他便直斥其非：「我相信世界上沒有一個男人可以容忍自己的女人，坐在自己的床上，光著身子，與第二個男人談得歡天喜地吧？」

這是瑤琳第一次看到凱翔如此生氣，一向強勢的瑤琳知道自己做得過分了，於是立刻穿回了內衣，坐到他的旁邊解釋道：「他是我的長期客戶，而且他有女朋友的了，你不要呷這些乾醋吧，我答應你以後都不會這樣做，好嗎？」她一面說，一面在凱翔的唇邊吻著，凱翔只讓瑤琳放肆一會，便輕輕推開了她。但瑤琳沒有放棄進擊的機會，整個人都坐在凱翔的大腿上，一邊扭動著纖腰，一邊輕吹著凱翔的耳孔，加上愈來愈頻密的呼吸聲，凱翔終於也按捺不住，他把剛才的怒意化為行動，順勢抽著瑤琳的雙腿，把她整個人給抬了起來，貼在牆上，口裏不斷咀嚼那柔軟的香肉，耳間則不斷聽到瑤琳的嬌喘聲，凱翔展開了前所未有的報復。

翌天早上，凱翔依舊準時出現在公司的地下大堂，他在升降機內遇到了千惠，除了「早晨」外，他們沒有說過其他話。

在這幾個月裏，千惠不時會藉著公事與凱翔聯絡，還會問他何時有空相聚，但凱翔只是冷冷的回覆了幾個字，有時甚至只用了一個emoji帶過。雖然她從同事的口中得知，曾經看見凱翔拖著一位女子逛街，但她從來沒有被凱翔正式拒絕，她也明白到自己並不是正選，所以一直抱著一絲希望。直至最近，她再次在升降機裏看著凱翔的背影，他對自己的態度，以至散發出來的氣味，已經與舊日變得不一樣。

抵達了22樓，凱翔離開了升降機，千惠依然站在原處，但凱翔根本沒有在意千惠是否跟上自己，她一直站在那裏，待升降機門再次合上後，她才有勇氣讓淚水流下來。

　　那天早上，凱翔走進了宗翰的辦公室商量新客戶的製作要求，宗翰二話不說便問：「怎麼了？最近你抽菸了嗎？」

　　凱翔拉一拉恤衫的衣領處聞了一聞，「沒有……很臭嗎？我會留意一下。」

　　千惠和宗翰都知道凱翔不喜歡菸味，更加不會抽菸，這些從他身上散發出來的氣味，最可能的解釋，就是凱翔與一個喜歡抽菸的人在一起。宗翰放下了手上的文件，躺在椅背後說：「我不是這個意思，只是覺得你好像……變了，我不是指工作，不過以下是以朋友的立場跟你說：不要做後悔的事，找一個自己真正喜歡的人吧。」

　　只是幾句話，凱翔覺得已經被宗翰看透了一切，但他沒有被這些擊中紅心的說話壓倒，並開始翻閱手上的文件，嘗試轉移視線：「你從哪裏聽來的謠言？放心吧，我不會把感情這回事帶進工作裏去。」然後他延續是次的工作討論。

　　凱翔的變化不只於從身上散發的氣味，還有對待千惠的態度。以往當他們有機會合作的時候，都會展現出與別不同的默契，工作上雙方都願意百分百付出，其他同事或者已經認定他們是一對。然而在這幾個月間，公事上即使雙方牽涉到同一個客戶，彼此也只屬「泛泛之交」，千惠再不會坐在凱翔隔鄰的「專

屬副座」，更不會與凱翔一起留在公司工作直至深夜，因為凱翔到了下午五時便會準時離開，留下千惠獨自工作。

宗翰對凱翔的工作能力和態度是百分百的信任，但對於他的感情生活，卻一直十分擔憂。凱翔在公司裏可以獨當一面，而且懂得如何與不同部門的同事相處，成熟而且可靠；但當下班的時候，凱翔卻會變成另一個人，害怕孤獨，需要傾訴、發洩，不吝嗇被愛護，就像一個長不大的成年傢伙。

他不需要休息，也不希望停下來，無論是工作抑或感情方面亦如是。

瑤琳不是沒有珍惜過與凱翔的感情，她為了凱翔曾經改變過。她答應了他戒菸，也答應過他不再在深夜間留連酒吧，把時間都交給凱翔；凱翔也回饋了她的付出，他答應了瑤琳丟掉房子裏前度的所有禮物、擺設，答應過瑤琳不會與她們見面，也答應過她不再在公司工作至深宵，把時間都交給瑤琳。但是，這些改變沒有為兩人的將來變得更好，有太多事實和案例證明，硬要扭曲一個人的品性和習慣，縱使最初雙方相處的氣氛確有改變，但如果沒有目標、動機或誘因堅持下去，結果只會是浪費時間。

凱翔每天準時下班，又把放在房子裏所有前度送給他的擺設和禮物都統統拋掉，莫說是與她們見面，就連跟好朋友相聚的時間也少了。但另一邊廂，瑤琳很快回復了舊樣，座廁裏經常浮著一支沖不掉的菸頭，每星期最少也會有兩天看到她在蘭桂坊或K房出現。他們曾經擦出過火花，但是以兩人的性格，都不會因此爭論得臉紅耳赤，結果是如往日一樣，以性愛終結，或是不了了

之，他們知道要強行改變對方來遷就自己的方法根本不可行。從心而行的改變才算是真正的改變，而且必需要有足夠的愛才能夠維持，所以倒不如就這樣隨著時間的推移，看看對方可以為自己改變多少，自己能夠接受的又會是多少。

大半年過去，凱翔和瑤琳之間大半的愛意也給磨蝕了，分手似乎是唯一的結局。幸好，他們的心裏是惋惜多於傷感；幸好，他們一開始就不願意投放所有的感情，所以，即使結局是輸掉了賭枱上所有的籌碼，雙方也不會抱頭後悔，還可以笑著拂袖離開。

凱翔利用周末的兩天假期，重新執拾了家居。把怕被人嘲笑的玩具重新上架，更換了很久沒有打理過的盆栽，把所有西裝拿去乾洗，洗擦了家中每一個角落，打開了所有窗簾，下午的陽光再次把室內照得光猛。凱翔就這樣坐在沙發上良久，吸了一口又一口久未流動過的清新空氣。

漱口杯上只剩下一支牙刷。

在下一個假期，凱翔主動找回很久沒見的親人飯聚；再下一個假期，凱翔相約好朋友來了一次山澗遊；再下一個假期，凱翔參加了關於流浪狗的義工活動；但再下一個假期，他已經想不到可以做甚麼。

凱翔決定返回公司工作。

他看見了千惠。

只有千惠一個，獨自埋首在電腦螢幕前，不知從何而來的內

疚感突然泛濫起來。他思考了一會，敲了兩敲分隔部門之間的玻璃大門，千惠才發現了凱翔，但她沒有表現出多大的驚喜，只是有點愕然，然後微微地點了點頭，沒有任何表情，視線很快又返回螢幕上，這是凱翔預期得到的冷淡回應，只是沒有想過發生的時候會有如斯傷痛。

　　這比起與瑤琳分手時的傷痛更沉痛。

　　凱翔也點了點頭，沒有再說甚麼，慢慢拉回玻璃門，然後返回自己的座位上。他沒有即時坐下來，而是希望在坐下來之前看到千惠可以回頭看一看自己，但千惠的座姿依舊，依然面對著滿布文字的螢幕，他看了看千惠，終於願意低下頭來，坐回那張熟悉的座椅上，準備週一繁重的工作。

　　當天，凱翔工作至晚上，他想著自己能否藉著這個與千惠獨處的機會，修補彼此間的裂縫。凱翔不奢望可以重回當時的關係，但最少能夠重拾以往的工作關係。這時，他鼓起了勇氣，站起來，看著千惠的座位上，卻空無一人，螢幕漆黑一片，她已經離開了，就連「再見」也不願意跟凱翔說，辦公室裏只剩下他頭頂上的燈泡，照著那孤獨的可憐蟲。

　　凱翔再次投入工作之中，每天早出晚歸。在這幾個月間，他除了工作，就只有工作，他偶然也會與千惠有聯繫，但已經沒有之前一樣的融洽，言談間更只有上司與下屬的口吻，旁邊的同事聽到他們的對話，無不投以奇怪的目光，就算在升降機遇上，對話就如往常一樣，只有「早晨」和「再見」。

有一天，他們擠在升降機內，兩人再次被迫靠近在一起，他們沒有說過任何話，到了22樓便各自返回座位，雖然兩人已經形同陌路，但千惠再也聞不到早前凱翔身上的香菸味道，而是一種幾近遺忘的親切氣味。

　　翌日早上，凱翔沒有在升降機內遇上千惠，因為她一早已經坐在凱翔隔鄰的座位上，在大堆文件夾中埋首工作，那座文件夾山完全遮蓋了千惠。最初凱翔還以為是哪個同事昨天忘記了執拾文件，走近後，他才在文件夾的間縫之中看到千惠。凱翔十分愕然，千惠這時抬起了頭，說：「明天不是deadline嗎？再不開始，今晚便要在這裏宿營了。」凱翔看到了抖擻的千惠，自己也好像即時充滿了能量，拿起文件夾返回自己的座位上，開展忙碌的一天。

　　兩人都以為當天又要捱至天昏地暗，但他們卻能夠在晚飯前完成手頭上的工作。凱翔當然不會錯過這個時機，相約千惠一起吃飯，而千惠也樂得有意想不到的空餘時間，隨即一口答應。兩人在席間的對話顯得十分合拍，好像期間沒有發生過任何事情一樣，關係似乎重回正常化。飯後，凱翔主動提出送千惠回家，這是他們相識以來，凱翔第一次提出這個要求，千惠考慮了片刻，縱使心有戚然，但亦欣然接受。

　　的士跨過了一條又一條的大橋，後座的兩人一直沒有說過半句話。他們很快便到達了目的地，凱翔去到了千惠家的大門前，寂靜的街上就只得他們，兩人對望了片刻，凱翔率先迎出了雙手，希望可以得到千惠的回應，但千惠只是垂下了頭，再沒有任

何動作；相隔一會，凱翔趨前了一下，希望主動捉住她的雙臂，重溫昔日的溫暖，但這時千惠突然向後迴避，凱翔驟然覺得前所未有的尷尬，當時，他實在希望自己懂得隱身法，立即讓自己消失在那個空間之中。

「對不起。」凱翔看著低下頭來的千惠就只可以說這一句，然後便轉身離開。

千惠看著急步離開的凱翔，心裏消沉了一下，不斷反問自己：「我是否不應該這樣對他，這樣對待自己？」

幾小時後，太陽依舊升起來，所有事情如昨天一樣，一樣的路線，一樣的忙碌。凱翔對著千惠，腦海不斷想著昨晚發生過的事情，但說話和態度與之前卻沒有任何分別，兩人都專注於工作，或許這種關係才是最適合他們的戀愛模式。

工作再忙也有完結的時候，尤其當簽署合約後，慶功宴總是少不了。凱翔缺席了這次宴會，他跟宗翰說身體有點不適，其實他寧願獨自回家，也不想再與千惠一起，免得又生尷尬。

凱翔鬆開了領帶，在海傍坐了良久，任由海風吹至亂髮一團，餓了，才捨得穿回皮鞋，走到附近的快餐店，外賣飯盒，帶回家中填肚。一臉憔悴的凱翔花了不知多少時間，才慢慢走回住所樓下，這時候，他看到了千惠。

「剛才我按門鐘沒有人應，打你的手機又沒有回覆，宗翰說你病了，我只是……有點擔心你。」千惠愈說愈細聲。

凱翔慢慢地靠近，終於成功捉住千惠的手，他順勢把她拉

近自己，千惠沒有再抗拒，他們倚靠在一起，只是那2.5秒，凱翔便感受到一份真正的愛意擁上心頭，他舉高了剛才買下來的飯盒，笑著說道：「不介意的話，一起吃吧？」千惠過去的顧忌都被凱翔的笑容溶化了。

八角型的眼鏡、緊身的白色恤衫、寶藍色的長身裙，略帶橙甜味的雙唇、獨特的玫瑰體香、豐滿的柔軟肉感，一切就好像回到了當天一樣，唯獨這次兩人都沒有帶上醉意。就在互相愛撫的時候，他們一起回想到過去那段時間的空虛和不捨，動作隨著急促的呼吸聲演變得比之前更加激烈。他們一面拐，一面替對方脫掉所有的牽掛，每一寸肌膚都被沾濕過，汗水互相交纏，在大廳的鏡子前，千惠張開了口，半合上的眼睛看著自己被逐寸了解，接著泡在浴缸裏磨刷掉對方所有的不快後，再在書桌上放下了重擔，一起推前十多公里，最後還是要前往草原上作最後衝刺……不得不承認，那是他們經歷過最令人難忘的旅程。

「你不是說身體不適嗎？」千惠躲在還是熱呼呼的凱翔的懷裏說。

「現在已經痊癒了。」凱翔打趣地回答，然後往前一靠，在那兩片早已被磨脫的唇印上停留了良久，千惠得到的，不再只有那2.5秒的唇溫。

兩人一直纏綿著，從來沒有想過那已待至冰涼的飯盒。

兩人一直這樣走下去。

千惠每星期都會去到凱翔的房子下廚，凱翔的廚房終於擁

有新的主人。即使煮食器皿不足，柴米油鹽亦欠奉，但喜歡下廚的千惠卻樂在其中，她每次也可以施展不同的魔法，把一碟碟家常小菜展現在餐桌上。凱翔每次在廚房門口偷看著大汗淋漓的千惠在食材上的用心，每次也會被感動，每次也會從後偷偷地抱著她。有一次突如其來的偷襲，千惠險些兒被菜刀割傷，正當她想轉身怪責凱翔，她的雙唇已經早一步被他緊緊的鎖住了。

　　他們擁有過很多難以忘懷的回憶：郵輪上，在漆黑的大海上同時感受到海風的冰冷和火熱的體溫；水上單車上，滿足了千惠渴望已久的童心，卻難為了踩至雙腳發軟的凱翔；海灘上，背對著背看書的時候，千惠發現凱翔在沙上正在畫上自己的臉——如小豬般「可愛」的大臉龐；戲院裏，凱翔第一次看到有人在觀看一齣喜劇時流淚的樣子；吊車中，凱翔握著千惠的手，一面說自己不畏高，手心冒出來的汗水卻足以沾濕整張紙巾；飛抵台北的那一天，凱翔看到了千惠橫掃了夜市裏多間小食店，見識了何謂真正的「掃街」後，那天晚上還給凱翔發現她的肚子真的隆起了一座小山丘呢。

　　種種瑣事的確為他們的愛情路上修飾不少，但在回憶的片段中，凱翔拖著千惠的手的時間卻少之有少。千惠只會在家裏、郊區和外地感受到情侶拍拖的感覺，當返回鬧市中，他們最多只是會靠近一點走，絕不會讓別人知道他們是情侶的關係；在公司裏更加如往常一樣，除了多了眼神交流，就只有正常的「官腔」對答，社交媒體上當然也沒有任何放閃相片，最多亦只有千惠的自拍、風景、食相，兩人的朋友圈中都不知道他們真正的關係。

然而，千惠對於現況已經十分滿足，她從不奢求獲得更多；凱翔也喜見於此，他得到了千惠的愛，也栽種著對她的愛，只是那段幼芽遲遲未能結果。

　　一年、兩年、三年，兩人的距離並未如願地收窄起來。有時在相處的時候，看到千惠的不快和不安，凱翔沒有一點怪責她，只是在埋怨自己對愛情依然缺乏信心，經歷被前度捨棄的陰霾之下，擔心自己再次受到重創。當初一心以為瑤琳可以填補傷口，卻連絲毫的愛情也感覺不來，而凱翔選擇了這位「過客」更適得其反，第一次傷害了千惠。如今，千惠變得不一樣了，凱翔對千惠的感覺也不一樣了，但千惠在凱翔的心中仍然不能去到深愛的位置，凱翔每天看到千惠為自己不斷地付出，他每天的內疚感便愈加深重。

　　一天晚上，凱翔獨自在家，花了三小時，寫好了一封電郵，內容提及關於跟千惠分手一事，不只於此，他還說了很多極之過分的說話：「我對妳實在感到厭倦……」、「……請妳不要賴在我家不走。」、「請你儘快把我給妳的USB還給我……」、「……難道妳不可以瘦一點嗎？」、「我不知道妳的招式是從哪些男人中學習得到……」、「……我已經有了更好的另一半。」他希望藉著這些說話，令千惠憎恨自己，以後毋須再把她僅餘的青春花在自己的身上，一個連自己也不知道會否真正愛上她的男人。

　　他看著自己的電郵內容，內心掙扎了很久……很久……很久之後，他按下了「傳送」，淚水也一同「傳送」到鍵盤上。

當天晚上，他沒有收到報復式的回應。

三日之後，他收到了郵寄回來的USB。

一星期後，他回到公司，宗翰立即前來找他。

「千惠跟我說要辭職，還說不惜賠償也希望立即離開，你知道她被挖角了嗎？」宗翰著急地問道。

「我不清楚，你或者問問她本人吧。我會安排Yvonne接替她的工作，放心吧。」凱翔壓抑著那份錯愕，並迅速地替宗翰處理好眼前的問題。

凱翔一直相信自己的做法，可以讓千惠，讓自己都可以來得決絕一點，他知道千惠這個時候會很傷心，但預期把年華花在只懂得傷害她的男人身上，倒不如及早認識另一個比自己好千萬倍的男人。

男人總是這樣的自私，表面上是為了對方，其實都只是為了自己，以為自己受傷了，卻不知道對方比自己承受逾千萬倍的傷痛。

一年，兩年，三年……

漱口杯上只剩下一支牙刷。

凱翔一直沉淪於工作，甚至整個月也沒有更換過那套曾被千惠的椅子滑輪輾壓過、留下兩道路軌痕跡的西裝；升降機內再不會遇到穿上白色恤衫、寶藍色長裙的女人；她的座位一直懸空著，凱翔的鄰座堆滿了文件夾，公司內再沒有願意跟他捱更抵

夜，累至伏在桌上的同事；社交媒體上，自己已經變成了不受歡迎人物，再也瀏覽不到千惠那燦爛和滿足的笑容，他現在擁有的，就只有工作。

天意弄人，因疫情關係，凱翔被迫留在家中工作，被迫要承受那無時無刻的孤獨感覺。晚上，每當他泛起那鬱悶的寂寥，便會打開放在desktop頂端的folder，內裏全都是他與千惠在一起的時候拍過的相片和短片，只要每次打開它，痛苦的心靈便可以得到一點點的慰藉，然後他便會不斷回想宗翰對自己說過的一番話：「不要做後悔的事，找一個自己真正喜歡的人。」

人生做過後悔的事情何其多，可以找到一個自己真正喜歡的人相伴終老又有多少？

第五篇　結局的開始

　　當在愛情路上再嘗不到戀愛的初味,有人會選擇離開,留下來的,心或遠矣。即使如此,只要不忘初心,分久必合,也可能是早晚之事。

　　黎菁宜與韋真旭同住在西環一幢唐樓,菁宜負責日常開支,真旭負責繳交租金,至今已經相處了十二年,兩人都是過著典型的港式生活——每個月拿著吊鹽水式的薪金,在周一至五糾纏於同事和上司的不快和不滿之間,但從來不想也不敢去改變現狀,所以每天仍然會選擇上班,繼續纏擾在這種無休止的情緒漩渦;晚上的朋友聚會是很好的「排洪」機會,有時他們會各自相約與自己的朋友圈共聚,有時也會一起參與。他們互相信任,而信任也早已變成了習慣,這沒有任何懸念。

　　到了周六、日或假期,他們都不太喜歡外出,睡至中午,隨隨便便吃個brunch後便各自各精采:菁宜喜歡伸長雙腿,把自己「融合」在整張沙發之中,不斷按下「播放」、「播放」和「播放」,一天最少會看五集韓劇;電視機旁邊的真旭除了名字有點與韓星相似,對韓國文化可謂絕緣,他寧願對著螢幕,戴著耳筒,選擇與網友對戰十幾回合,除了右手那兩根手指,他整天就只會凝固在跑車桶椅上。兩人唯一的共同點,除了身處在同一個地方,別無其他。

　　想起十多年前,他們在南華會保齡球場裏第一次見面,可說是早已經認定了對方。當時十多個朋友之中就只有菁宜和真旭互不相識。由於人數多的關係,他們分開了兩條球道進行比賽,輸了的一隊要請對方吃晚飯。

菁宜和真旭被編配在同一方。兩人早在中學時代已迷上了打保齡球，更曾經參加過不同的公開比賽。雖然上一次打保齡球已經是幾年前的事，但是當晚他們實在「打得火熱」，縱使其他隊友實力平平，菁宜和真旭的表現足以冠絕全場，無論捧球、助步、擺盪、擲球和延伸等姿勢和動作都屬於專業級數。最初，他們偶有失誤，但期間經常互相主動鼓勵對方，其後漸入佳境，補中和全中從不間斷。當真旭第一次打出了「火雞」，菁宜更主動跳起衝進了投球區，想與剛剛轉身的真旭來個擊掌慶祝，但是真旭來不及反應，結果擊掌不成，菁宜順勢正面「胸襲」了真旭，更差點來個「擊」烈擁吻，他們幾乎臉貼臉呆了2.5秒……心跳一刻過後，兩人都難掩尷尬的表情返回座位。但是在座的朋友都把整個過程看進眼裏，他們隨即開始起鬨，有些開玩笑說：「你們真的是第一天認識嗎？」、「我們還是去其他球道玩吧。」，有些更直言：「不如你們今晚就在一起吧！」更令人不得不相信他們早已是一對的，就是兩人打了兩局比賽後，分數同樣是232分，這是否太過巧合了？

　　三個月後，他們走在了一起。

　　一切都來得十分自然、順暢。他們一星期有兩三天會到球場上練習，延續那份初相識的戀愛感覺。一起購買第一對手套、球鞋、私家波的時候，不約而同發現對方也有著自己相同的喜好和品味，就是兩人都喜愛潮流和日本，因此，保齡球裝備自然不是ABS，就是SZBL。至於到了每個月的出糧天，他們都喜歡在日本的網購上花費大部分薪金購買心頭好，BEAMS、

UNDERCOVER、BAPE等以及與其他品牌crossover的潮流服飾和運動鞋也不會錯過……儲蓄？投資？未來？他們同樣懶得去想，因為菁宜和真旭都相信人生無常，反正有很多事情都是控制不了，何不讓一切隨心，活在當下？

三年之後，他們住在了一起。

一切都來得十分理所當然。他們租住了一個約四百多呎的單位，雖然不是高尚住宅，也沒有豪華的裝修，但是真旭以後再不用每天晚上送菁宜回家，菁宜以後也再不用日思夜想，他們可以每日待在一起，互相分享不同的經歷，分擔憂慮和憂愁，有時不用太多說話，已經明白到對方的想法。記得在那天的寒夜，兩人躲在被窩中，無聊得玩Truth or Dare，從遊戲裏知道對方的樣貌都不是自己喜歡的那種類型，但第一次見面的時候卻認定了對方。他們信守承諾，說話裏沒有要為了討好對方而說出任何美麗的謊言，這些都是他們打從心底裏的說話。說罷，兩人再沒有繼續遊戲，累積的荷爾蒙又再次驅動著雙唇和舌頭，互相尋找未知的境地。

眨眼間，菁宜和真旭已經相處了十二年，戀愛？已經沒有太大感覺，可以說的都說過了，可以做的也做過了，要在相處之間尋求刺激和動力延續關係，他們選擇了韓劇和電玩。可悲嗎？不，相比身邊的朋友，不是早已經分了手、離了婚，就是已經要開始煩惱如何為孩子考進心儀的學校。結婚？生育？菁宜和真旭從來沒有討論過這些話題，他們似乎已默認出一個共息，就是安於現狀，樂於現狀。孩子？責任太大了，他們沒有心力，也沒有

能力去負擔；結婚？菁宜確實有想過，但真旭似乎對此一直無動於衷，既然兩人都認定了對方，真旭自然不想改變現況；至於菁宜，自己不特別喜好結婚這回事，也自問不需要甚麼名份，自然也不會主動提出，反正就算真旭說好，她只會覺得，結婚之後，家裏不過就只是多了一張婚紙和一隻戒指，菁宜都不在乎這些，真旭自然更加不在乎。事實上，如果給他們選擇，花20萬元搞場大龍鳳式婚宴，抑或用20萬元購買限量版Air Jordan 1 High OG Dior運動鞋？他們一定會抱著一樣的默契，把那對天價波鞋買下來，然後在社交媒體上炫耀一番。

菁宜和真旭從來都不理會其他人怎樣看待自己，甚至無視日常。

然而，這種「不食人間煙火」的合拍生活，由那一發催淚彈開始受到了前所未有的衝擊。

那年的六月初，菁宜和真旭參與了香港歷來最大規模的遊行，希望為維護本地的民主、司法制度盡一分力。他們都以為香港政府即使如何無權和無能，也會聆聽超過二百萬人的心聲，就算受到內地的制肘，怎樣也會作出一點回應，哪管是門面或是敷衍，在很多小小小市民的眼中，維持現狀，總好過比現在差下去好；他們都以為，參與了這次歷來最大規模的遊行後，便可以結束這場鬧劇，但原來一切只是開始。

往後，就連小市民這些卑微得可憐的要求，政府也沒有及時作出適時和適度的回應，令民間自發的示威活動不斷升級，每星期兩三次的示威活動，已經令原本太平已久的香港動盪不安，

更觸發了市民和警察間的對立。而警察被翻開「真面目」後，似乎已經沒有強忍下去的必要，在多場鎮壓中，無論市民在場觀看的、路過的，還是乘車回家的，不論男女老幼，都被警方罵、噴、射、毆、擊、壓、擒、留，可謂無所不用其極。多年來，香港人遭到的不公平和種種被壓迫的情緒，已經超越了臨界點，導致各地持續爆發大大小小的衝突。

菁宜看到電視機、社交媒體中鋪天蓋地的報導，情緒也開始受到了牽動。她每天也會留意著「黃絲」的動向和呼籲，與志同道合的朋友開設群組，積極幫忙轉載有關消息；至於政見不同的朋友，則劃清界線，相識多年的朋友也無一例外，至今也不再相見；親人亦然，只要父親傳送關於「藍絲」的消息，菁宜都會惡言相向，有幾次的飯聚更因為社會事件等話題而鬧翻，受罪的就只有她的母親。

到了周末日及假期，菁宜不再只躺在沙發上沉迷韓星，而是把手提電腦轉駁去電視機螢幕，無時無刻留意著最新的社運發展。

就在那一天的晚上，示威人士聚集在他們的住所附近。聽到示威者不斷嘶喊口號，菁宜決定動身。她戴上了頭盔、眼罩、雨傘、毛巾和幾支水，看了看仍然戴著耳筒，只有那雙手指不停地上下按動的真旭，話也不說便奪門離開了。

電腦螢幕是開動著，但真旭一直沒有進入遊戲，那雙手指也只是在佯裝著，他特意關上了音量，想跟菁宜說不要走，但當他看著穿上全身黑衣，正在執拾裝備的菁宜，他知道怎樣勸也是

徒然。

　　就在菁宜離開不到半小時，真旭聽到了警察發射了第一枚的催淚彈。他立即除下耳筒，走到窗口查看。這時，湧至窗邊的催淚煙立時嗆著真旭，眼睛和鼻子都感到極度刺痛，他一面咳嗽，一面關上所有窗戶。即使如此，他仍然能夠清楚聽到窗外的責罵、尖叫、呼喝，一時間到處煙霧瀰漫，只有紅藍色的警燈在煙霧中不停地互相交疊閃亮，他從未親眼看過如斯混亂的場面。真旭呆了片刻，沒有想過其他，就抽著鎖匙走到街上尋找菁宜。

　　街上的情況比從窗口觀看更加混亂，垃圾桶、紙皮和其他雜物都堆放在街角中燃燒著，火頭處處，真旭站在遠處已感受到由熊熊烈火吹來的火屑和熱風，平日熟悉的店舖和路邊的大樹也受到波及，薰黑，燃燒著。前路被封，他迫不得已走出馬路，路面上都是玻璃碎片，相信是投擲燃燒彈後濺碎出來的，原本安裝在路邊的鐵欄早已經全被拆毀，與行人路上被挖出來的磚石散落在各處。示威的主群和大量傳媒工作者都集中在大馬路上，其他人則在橫街小巷收集可用作還擊的物資，供應給大馬路上的示威者。真旭看著他們都戴上了頭盔、眼罩或防毒面罩，穿上一身的黑衣，幾乎一樣的裝扮，他一時間也茫無頭緒，不知從哪裏去找菁宜。

　　對峙的局面一直持續，揚聲器傳來最後的警告，只是隔了一會，一枚又一枚的催淚彈再次把鄰近的街道陷入了煙海，真旭沒有戴上任何防護裝備，只好拉高衣服，蓋著口鼻，跑向逆風的方向。那些催淚煙甫消散，水炮車便接著把藍色的水柱射向群眾，

這時，真旭已經走到示威者的後方，沒有受到波及，他一面跑，一面看到前列雨傘群中的示威者一個個被射中翻倒，但是真旭沒有停下半步，仍然一直往後跑，希望儘量尋找當中熟悉的身影。不久，他便聽到遠處傳來了大量的尖叫聲，不斷有人在叫喊：

「走呀！」

大批警察開始暴衝過來，前列走避不及的示威者一個接一個被按壓在地上，本來已經四散的黑衣人無不往後撤，出現了人踏人的情況，令混亂的場面更加混亂。真旭不斷跑，不斷回過頭來，看到不少人被拘捕、受傷，但他不能停下來，他要找到菁宜，然後帶她安全回家。

真旭不斷跑，跑了十幾分鐘，再沒有氣力，只好停下來，彎下腰，喘著氣，他看著身邊的黑衣人繼續奔跑，但還是找不到哪個是菁宜。

真旭決定折返，他走進了其中一條小巷，繞過了人群，沿途大部分店舖都關上了閘門，只有全副防暴裝備的警察不斷喝令市民回家，並且截查街上的途人。當時真旭只穿上T恤、短褲、人字拖，也沒有揹著背囊或戴上任何防護物品，所以回去的時候沒有被查問。他一面走，一面盯著那些被搜身的黑衣人。

好不容易返回居住的大廈。就在升降機門在三樓打開的一刹，真旭看到一個披頭散髮的女子坐在門口，她慢慢轉身，臉上留有一絲絲乾透了的藍色水痕，那一刻的驚嚇令真旭不禁往後退了一步。再看清楚一點，原來真的是菁宜，這時，真旭才回過神

來，用手撥開正在合上的升降機門，急步趨前托起了菁宜的雙臂，然後緊緊地擁抱著她。

真旭以為可以得到溫婉的回應，但菁宜卻慢慢推開了他，冷淡地說：「我忘記了帶鎖匙，打你的手機又沒有人接。」

「我急著出去找妳，連電話也忘記帶，對不起。」真旭的解釋消減了菁宜部分的怒意。

但是，菁宜的語氣卻沒有絲毫改變：「進去吧。」

真旭拿著他唯一記得帶出來的鎖匙，扭動著鐵閘和大門，這個時候，真旭才看到菁宜出門前的裝備全都不見了，身上就只得一部手提電話。

關上了大門後，菁宜沒有說過半句，便直接走到了浴室，上了鎖。過了大半個小時後，才聽到花灑開動的聲音。

真旭沒有開燈，一直坐在沙發上，雙膝支撐著沉重的雙臂，雙眼呆呆地看著地板。

他們第一次經歷如斯的血腥、暴力、失望、驚惶、恐懼和無助，身心都表現出疲憊和無力感。窗外再沒有群眾的叫喊聲和揚聲器的刺耳迴音，留下的只有警車和消防車的警笛聲。食環處的職員不停拖拉著欄杆鐵通、垃圾桶等雜物，與石屎路磨擦出一段接一段的錚錚聲，紅藍色的警燈不斷投射在屋內的天花上，催淚煙味久久不散。

仍然呆坐在沙發上的真旭，第一次感覺到自己與菁宜的距離是這麼遠。

　　遊行、堵路、集會沒有一天停止過，民間與警察、政府的衝突和矛盾亦愈益擴大，「萬人接機」、「警察還眼」、「全民提款日」等換來的是警察在太子站內追打市民、議員被捕、罷工罷課，黃、藍絲之間的互相指罵、嘲諷、械鬥、浴血，每天都在大街小巷、行人天橋、隧道中發生。香港的一切都變得陌生，菁宜和真旭也不例外。

　　自從菁宜參與了上次的抗爭，便沒有再走到最前線，雖然如此，她仍然時刻留意著時局的發展，在各大社交媒體上撰文、轉寄、發佈圖片等來展示自己的想法和感受。每次出post，她都會收到不少外來人的批評，但更多的是來自同一陣型的支持和認同的訊息，愈多人對自己的做法作出反應和迴嚮，哪管是偏執的還是未經證實的，菁宜便愈有動力繼續做下去。而在眾多回覆之中，唯獨是沒有收過真旭的任何回應，就連一個Like也沒有。

　　菁宜表面上習慣了這種冷漠，其實她最在乎真旭。

　　菁宜從來沒有一次向真旭提及過這些事情，只是知道他好像一直在刻意迴避各種社會事件。正如每晚在家吃飯的時候，看到有關的新聞報導，真旭都會主動拿上遙控器轉去另一條頻道，因為每次給菁宜看到之後，她都會火冒三丈，然後批評這個，指罵那個。

　　社會事件令本地的市道轉差，真旭的工作壓力愈來愈大，但他沒有向菁宜說過甚麼，抱怨甚麼，他只想每晚放工後，在一個和諧寧靜的氣氛下與喜歡的人待在一起，這是他的唯一希望，但菁宜似乎並不領情。

那一天，兩口子如常待在一起吃晚飯，席間菁宜談到昨晚在父母家中發生的事情：「你知道嗎，我的爸爸愈老愈固執。每天早上就貪那小便宜，排隊去取免費派發的中資報紙，又經常說那個建制派的議員是孝順仔、很照顧老人家云云，卻不知道自己已經被利用。當我嘲諷他說不如契了他做兒子的時候，爸爸便突然火起，說我橫蠻無理，歪曲事實。」

　　真旭只回應了一個「嗯」字，便繼續抓著白飯。

　　菁宜繼續說：「我氣得質問他究竟那些議員是他的親人，抑或自己的女兒是他的親人，為甚麼他總是不肯聽親生女兒的勸說，反而那樣相信那班可惡的藍絲？我有時真的懷疑自己是不是他的親生女兒。爸爸聽了這句說話後，更加氣得面紅耳赤，大罵我忤逆，媽媽也忍不住叫我們不要再說下去，所以我決定以後不回去吃飯了。」

　　真旭依然沒有太多回應，只是說了一些門面話，希望就此帶過：「妳爸爸老了，接受不到新事物，所以，只要他認為是好的，那妳就隨他吧。」

　　菁宜沒有想過連拍了拖十二年的男朋友也不願意站在自己的一方發聲。她放下了筷子，瞪著真旭，真旭知道大勢不妙了。

　　菁宜板著臉，說：「由始至終，我也不知道你是站在哪一邊。當日，我自己走上街頭抗爭，看著大門關上的那一刻，我看到你沒有任何反應，說真的，當刻我真的感到十分失望。後來知道你因為擔心我，所以走到街上找我，還以為自己看錯了你，還

以為你是站在我這邊，只是不開口說罷了。但是，經歷了那麼多事情，看到那些狗官、警察如何作惡，我不明白你為何仍然可以這樣冷靜？」

真旭慢慢放下了筷子，說：「妳也知道自己不夠冷靜了嗎？每人都有不同的見解和立場，這是最正常不過的事情，而且你真的認為逢藍必惡，逢黃必善嗎？不要再被那些社交媒體荼毒下去，嘗試獨立思考一下吧。

你爸爸選擇了建制那邊，這是他的自由，好應該尊重他老人家。請不要以為順著自己思想方式行事的人就是好人，更加不要期望自己可以改變其他人。如果我是妳爸，聽到女兒質疑說是不是自己親生的，我也會氣得面紅耳赤，這些不是做子女應該說的話。」

菁宜沒有被說服，而且對這番話感到莫名的噁心：「說得多動聽！我最不屑藍絲，更加討厭你這些扮中立的人！說到好像不關自己的事一樣，扮清高！有時我的朋友問你是藍或是黃，我也只是支吾以對，因為我根本不了解你……」

真旭確實被惹怒，他提高了音量：「妳是否已經被別人沖昏了頭腦？我不是黃，不是藍，更加不是中立，由始至終我都不曾想過要玩妳們的黃藍遊戲，請不要把我編成任何一隊！用妳的腦袋去想一想，絕大部分人都不去求真，理性思考真偽，經常都是憑著網上的一段文字、一幅改圖、一篇有目的的報導，便趕著去發表立場，斷定善惡，藍是此，黃亦如是。妳們為了『埋堆』，不分黑白，完全被背後那些別有用心的人控制著自己的思想和喜

惡。所以，我會跟自己說，只會用自己的方法去做事，難道這種正常不過的想法，都是妳們口中的『扮清高』嗎？

再講，我到現在也不明白，為甚麼相識了多年的好朋友，妳就只是因為政治立場不同而從此割蓆，block、unfriend、unfollow對方，這是真正朋友應該做的嗎？我們年紀不少了，父母年紀也不少了，相見的次數都在倒數中，現在不去珍惜，反而因為政見不同而跟他們鬧翻，說以後不回家吃飯，妳真的覺得這樣做是正確的嗎？」

菁宜一時答不上，真旭乘勢地追問：「我更加不明白，我們相識十二年了，彼此經歷過那麼多，我一直以為我們是最『夾』的一對，現在，我們不是因為金錢瓜葛，也不是因為有第三者，而竟然是因為政見不同而吵架？值得嗎？難道這十二年的相處是那麼兒嬉嗎？……我問妳，既然妳把那些所謂黃、藍絲分得如此清楚，那麼如果我現在跟妳說我是藍絲，妳是不是會跟我分手？」

真旭只是希望菁宜能夠了解自己的看法，明白自己在處理感情方面不會被其他事情左右而已，但菁宜卻不明白真旭的用意，加上自尊心作祟，想也不想便答道：「如果你是藍絲，我好可能跟你分手！」

菁宜從未見過真旭的怒目，真旭吸了一口氣，拿起了筷子離開了座位，然後狠狠地拋在洗碗盆裏，筷子清脆地斷開了四節，他返回書桌，戴起了耳筒，不停地按動著鍵盤和滑鼠。

十二年以來一直認定了對方，半年後卻突然變得這樣的陌生。真旭再找不到菁宜以前擁有的純真、善良、憨厚；菁宜也好像在這半年間認識了真正的真旭：自私、孤僻、野蠻。

當晚，他們沒有說過半句話，一星期以來，他們沒有說過半句話，一個月以來，他們再沒有說過半句話。

一天，真旭留下了一張紙條：

菁宜：

公司生意不好，我被減薪了，以後再不能負擔這屋子的租金，對不起。

真旭

那時候，菁宜以為真旭只是在找一個分手的藉口，想讓大家都好下台，但是她不知道這確是事實。真旭一直備受沉重的工作壓力，只是他不想讓一直「忙著」的菁宜增添多一份煩惱而已。

他們各自把屬於自己的日用品搬回父母的家裏。

十二年的光陰眨眼便過，接著的一年間，卻度日如年。

每星期的抗爭活動沒有休止，而且愈演愈烈，警察開了第一槍、拘押政治犯、第一個人死於暴動……菁宜除了工作以外，把心力都投放在抗爭活動上，有時她會向有關組織提供物資，有時她會在各項的示威活動中提供支援。她曾經被胡椒噴霧射中、被

截查和武力驅趕，但是她仍然堅持下去。期間，她結識了不少志同道合的「手足」，當中不乏追求者。

事實上，在與真旭的無言分別後，菁宜遇過不少與自己想法一致的人，尤其在危難之時能夠牽著手一起度過難關的，這是真旭無法給予自己的感動，心動也是人之常情。但即使大家一起曾經唱著同一首歌，呼喊著同一句口號，彼此如何「出生入死」，當感動過後，深夜時份，大家最後仍然需要除下口罩，以真性情跟對方相處，單是抗爭的口徑一致，不足以令兩人一起走到最後。

至於真旭，他很快便找到另一份工作，第一次接觸汽車銷售，接觸到不少商賈名人。媒體經常說香港的經濟自從社會運動之後日走下坡，事實卻沒有絲毫影響到高端顧客的購買意慾和能力。車行最近的確受到社運影響了生意，但營業額沒有顯著下跌，真旭的顧客依舊沒有改變換車如換衫的消費習慣，哪怕車廠只是改換了頭尾燈的設計、加添了擾流裝置、轉換了車身顏色，多加了僅十幾匹的馬力，甚或只是加大了輪胎的尺寸、改動了新式的輪圈等，他們都會毫不吝嗇地經常換車。

一天，真旭接待了一位戴著太陽眼鏡，穿上一摺白色連身裙，舉止優雅的女士。言談之間，知道她是一位上市公司主席的行政祕書，她的老闆因公司的業績創下新高而決定獎勵與他一起工作的同事，而獎品就是一部汽車。但是這位女士明顯對汽車的知識一無所知，只是跟隨老闆的意思，到了相熟的車行揀選自己的心頭好。

　　她似乎對一輛白色的開篷跑車很有興趣，正當真旭上前開始介紹的時候，她已經搶先開口說：「現在可以試車嗎？」

　　「當然可以，我現在去拿車匙，勞煩妳在門外稍等一下。」真旭遇過不少要求試車卻由始至終都沒有想過買車的人，雖然這位女士二話不說就要求試車，但他知道她不是那一類人，唯她的要求卻有點不一樣。

　　真旭很快便從停車場把新車駛到門外，正當他鬆開安全帶準備離開駕駛座的時候，那位女士就對他說：「可否由你開車？我就坐在這邊好了。」

　　一般客人都想藉著試車的機會感受一下操控、加速、制動的感覺，但她明顯不是追求這些。對於車行來說，這倒是一件好事，因為即使是經驗豐富的駕駛者，也需要時間適應新車的機能和馬力，縱使之前沒有發生過嚴重意外，但就算因不小心撞上路階而刮花車身，或是撞凹車身等也時有發生，這都是要由銷售員負責維修費用。今次由真旭駕駛，自然可以避免這些意外。

　　「我叫Alyssa，要你開車，不好意思，其實我也有車牌，只是很久沒有開了。」她就座後解譯說。

　　「不打緊，剛才忘記給你名片……我叫Alex。請扣好安全帶，我帶你感受一下。」真旭覺得這份工作最大的享受，就是這一刻。

　　由灣仔經紅棉道上半山，真旭一直在介紹這部新車的性能：「這部開篷車的馬力有625匹，3800cc，7前速波箱，20寸輪圈，

頂篷開關只需要12秒，相比其他相同性能的開篷車屬於一線，而且這部車剛在上月從德國運抵香港，落訂後至交車相信可在兩星期內完成……」入職前，真旭一直有留意汽車資訊，所以，即使他是行內新手，對車輛的資料一點也不會陌生。

然而，Alyssa依舊戴著那副太陽眼鏡，長髮任由勁風往後飄，她似乎對真旭的介紹沒有多大興趣。

真旭把車輛駛進了半山一個可以看到九龍半島的絕密風景位置，然後關上了引擎，這可讓他替客人介紹一下車身的其他賣點。

兩人下了車，但Alyssa沒有跟隨真旭，她被眼前的美景吸引住，往前走近了崖邊。

「很美。」她終於拉下了太陽眼鏡，凝望著眼前的景色，風繼續吹拂著她的長髮，但吹不走她的倦容和愁緒。

真旭看了看她，也走到了崖邊，看著已經變得金黃色的城市。

兩人很久沒有說過話，只有雜草和樹葉間吹動後發出的颼颼聲。

Alyssa說：「你結了婚沒有？」

雖然真旭被她這樣一問感到十分突兀，但他還是抱著友善的態度回應：「還沒有……最近與她有點爭拗，分開了。」

真旭沒想過要隱瞞甚麼，從而博取對方的好感，而且他覺得，自己與菁宜的關係還存在著可能性，縱使這個可能性微乎

其微。

　　這一刻，Alyssa才開始感覺到真旭的真誠。她看著真旭，竟然發現他有著自己那一副對人歡笑，背人沉鬱的樣子。

　　她垂下頭，若有所思。

　　這時候，真旭把視線移到了她的身上，他還是第一次看到如此清秀的女人。在幾近罕見的素顏下，帶著極具氣質的樣貌，長髮依然隨著清風亂喘，卻一點沒有遮蓋她的光芒，沒有人的身段比她更適合穿上這條白色的連身裙，衣服上沒有多餘的配飾，因為旁人的視線已經被那雙長腿吸引過去。

　　Alyssa打斷了真旭的掃視：「其實，這是老闆因業績好而送給員工的獎勵，但就只有我這份獎勵是可以無上限。」

　　真旭大概知道是甚麼原因，所以只是點了點頭示意。

　　Alyssa說：「你一定覺得我很壞了。」

　　真旭沒有猶疑地回答：「不，我從沒有這樣想過……只是覺得妳可能是因為有些事情未能放下，或者不是這個時候放下而已。」

　　頃刻間，真旭第一次看到Alyssa的笑容，她的笑聲劃破了山頂這一角落的寧靜，感覺卻是如此真摯和釋懷。真旭開始明白，原來世上真的會有令所有男人也抵擋不住的女人，他完全被Alyssa的姿態迷住。

　　他強作鎮定地說：「如果冒犯了妳，對不起。」

Alyssa在笑聲中連忙回答：「不，不，我以為你是專業的汽車銷售員，原來也是戀愛專家……」

真旭有點難為情，只是報以尷尬的微笑，然後好像被老師盛讚的學生般害羞地低下頭來。

夕陽下再次吹來愜意的清風。

自從他們下了車以後，沒有談過「正題」。Alyssa一直都是反客為主，並延續著剛才的話題：「每人都會有最喜歡的人。我也曾經遇過，但因為某些原因，我輕易放棄了，我以為自己還可以找到更好的。直到今天，我身邊不乏說『我愛妳』的人，但最後發現他們不是有其他意圖，就是已經有家室。」

她嘆了一口氣：「時間磨滅了我的耐性。現在，就算我不主動放棄，『那些人』也可以隨時棄我不顧，我再沒有選擇，因為主動權早已經不在我的手裏了。」

真旭一直看著那快被群山隱沒的夕陽，一面想著她。

「所以，當現在你跟她還存有一絲希望，即使機會怎樣渺茫，都要勇敢一試，免得將來後悔。」

Alyssa與真旭只是相識了幾小時，他們沒有互相探究對方的底蘊，卻好像已經明白了對方的困窘。真旭聽過了她這一番語重心長的說話，心裏不自覺地重新泛起了對菁宜的思念，一幕幕與她的回憶頓時在眼前出現，真旭要壓止這種突如其來的情緒，這樣才不會讓她看到自己的淚水。

真旭深深地吸了一口氣，重新整頓了呼吸和思緒，回應了

她的勸勉:「說真的,我覺得以妳的條件,仍然是擁有選擇權的,只是妳暫時在大海中迷失了方向罷。嘗試放下固有的思想態度和生活模式,隨心意去划,最後一定會去到妳想去的目的地。」

Alyssa面對著真旭,再次展現出那副甜美而滿足的笑容,那一刻的她,相信是全世界最美的女人。

她說:「真旭,很高興遇到你,多謝你……單單是你今天說話的價值,已足以讓我決定替你買下這部車。」

「我也要多謝妳。妳令我明白到自己的不是,令我明白到要珍惜,妳給了我勇氣去做一些不去做便會後悔的事情……這是我最難忘的一宗生意……請不要誤會我是妳口中總是說著甜言蜜語的『那些人』,因為這些都是我的真心說話。」真旭說。

Alyssa繼續展示她的誘人的笑容,她一面撥弄著頭髮,一面說:「雖然我是一個蠢女人,但還是可以分辨哪個人的說話是真心抑或假意。」

真旭看看手錶:「嗯,時候不早了。聽說今天車行附近會有示威活動,我們現在回去辦理簡單的手續,免得中途出現阻滯。」

這時候,真旭再次讓出駕駛座予Alyssa,但Alyssa依然婉拒著說:「我習慣了被男人帶著走。」

真旭笑了一下,轉移到另一邊,先開車門讓她就座,自己才坐上駕駛座,625匹的引擎聲再次響切整座山頭。

他們沿路下山，開始出現了擠塞的情況，示威活動已經展開，不少黑衣人都散落在各條大街小巷，警察已經嚴陣以待，汽車需要改道行駛。

　　「嘭！嘭……」警方再次發射多枚催淚彈。這時，菁宜正在為街上受到催淚煙影響的市民提供清水擦抹眼睛，她一面照顧著傷者，一面被那咆哮著的跑車聲吸引著。眼前是一部停在交通燈前、新簇光鮮的白色跑車，關閉著的車篷下，有一副熟悉的臉孔，他正在替鄰座的女士擦拭眼淚。

　　街上的人群四散，只有菁宜站在原處不動。

　　未幾，跑車再次發出了咆哮聲，瞬間離開了她的視線。

　　菁宜一直呆看著跑車消失的方向，直至有人拉著她的手一起離開現場，她才醒覺自己身處危險的地方。防暴警察已經開始衝了過來，她一面走，一面回望，臉上已經分不清是汗水或淚水。

　　回程的路上，Alyssa被催淚煙影響感到有點不適，真旭加大了馬力送她返回車行。待一切安頓好後，真旭仍是有點擔心：「妳真的沒大礙嗎？需要送妳去醫院檢查一下嗎？」Alyssa笑著回答：「只是流了幾滴眼淚，慣了，放心。我不阻你了，下一次見面的時候希望你會有好消息。」

　　「好，妳也要保重。」

　　Alyssa從手袋拿起那副太陽眼鏡，昂首步出車行，回復了幾小時前的姿態。

　　真旭看著她離開後，鼓起了勇氣，發了幾個月以來的第一段訊息給菁宜：

　　「今個星期六有空打保齡球嗎？」

　　隔了好一段時間，訊息顯示了雙藍剔。

　　隔了好一段時間，真旭還未收到任何回覆。

　　當天晚上，真旭的視線一直未離開過電話螢幕，生怕錯過任何一段訊息。他把電話的音量調校至最大，就算在回家的路上，也不曾把電話放進褲袋裏，而是一直拿著它。

　　真旭還未收到任何回覆。

　　夜深了，他沒有如常般把電話放在窗邊，而是一直拿著它，坐在床頭，看著窗外，沒有睡過。

　　其實，真旭大可以追問一下，或是發表他對菁宜仍抱著愛的感人宣言，但是他沒有這樣做。他了解菁宜，她不喜歡別人窮追猛打，不喜歡別人強迫接受自己，因為真旭也是這樣的人，如果這樣做，只會令菁宜更加討厭自己。

　　另一邊廂，菁宜一直看著真旭的那段訊息，還留意到他整晚都「在線上」。她大可藉機追問一下為何真旭現在才願意找自己，或是質問剛才跑車內那個女人是何方神聖，但是她沒有這樣做。她了解真旭，他不喜歡別人尋根問底，不喜歡別人質疑自己的本心，因為菁宜也是這種人，如果這樣做，只會令真旭更加討厭自己。

但是，真旭駕駛著名牌跑車，在車廂內替那個女人抹掉眼淚的一幕依然歷歷在目，每次想到這裏，菁宜便會把剛剛打好的訊息再次刪掉。

菁宜不知道真旭轉換了另一份工作，也不知道他做了汽車銷售員已經有一段日子了。

她拿著電話，坐在床頭，看著窗外，沒有睡過。

接著那幾天，真旭一直想著菁宜，也想著Alyssa，他沒有想過離開菁宜，也沒有忘記Alyssa的說話。他希望與菁宜見面，最少讓他說過明白，無論結果如何，也可算是有始有終。於是，他決定帶著沉重的保齡球和其他裝備，去到他第一次與菁宜見面的南華會保齡球場。

球場內到處都是美好的回憶。真旭每次經過那條5號球道前都會停下來，看看別人如何投球，看到他們互相慶祝的一刻，他便會想起那天欠了菁宜的一記擊掌。

真旭每次來到櫃位處都要求等待5號球道，即使有其他球道空著，或者5號球道上的顧客玩至關門也不要緊，因為真旭只希望待在這裏。

他擔心菁宜如果真的來了，會找不到自己，就算菁宜沒有前來，真旭也可以在5號球道上追憶那段快樂的情景。他用的依舊是12磅保齡球，但計分螢幕上只剩下一個名字，他每一球也努力地思考如何把分數打至232分，即是當日第一次與菁宜打了兩局後所得的相同分數。

　　或者很久沒有練習，或者太過刻意去追求分數，真旭怎樣打也打不到232分。

　　真旭偶然也會在休息期間，去找一下那個232號的儲物櫃。記得他們在一起的時候，提議租用232號儲物櫃，但當時發現已經有人使用，兩人不斷哀求職員幫忙，唯礙於公司規定未能辦到，於是他們轉而查詢租用該儲物櫃人士經常出現的時間。他們苦候了足足三天，那個人終於現身，最初看到那位樣貌十足《極道主夫》的大叔窮兇極惡後，曾經也想過打退堂鼓，但真旭還是鼓起了勇氣走向他的面前提出租用的要求，而菁宜也用了萬分的真心和誠意說出了原因，最後，他們真的打動了那位大叔，與他們交換了另一個號碼的儲物櫃。真旭還記得大叔最後跟他們說：「希望你們永遠待在一起。」

　　真旭每次想到這一句話，心裏總是覺得對不起他，也對不起菁宜。

　　真旭每天都會到這裏等待5號球道，球場職員也開始認得他，為了不讓他每次都呆站在那裏，有時也會在人客較少的時候，預留那條球道給他。

　　他每次來到球場也帶著一絲的希望，希望在這裏找到菁宜的蹤影，希望有一次可以打至232分，但每次都失望而回。

　　真旭沒有放棄，他還是每天晚上來到這間保齡球場。

　　即使每一天都失望而回，但是他每一天都抱著相同的希望和目標。

日復一日，月復一月，「即使機會怎樣渺茫，都要勇敢一試，免得將來後悔。」真旭每次都想到Alyssa給自己的說話，就算最後真的等不到她回來，他也要達成最後的目標：232分。

　　這是真旭對自己許下的諾言，只要他打到了這個分數，他便會從此放棄保齡球，從此放棄這種等待，算是還了心願也好，算是為了這段關係親自劃上句號也好。

　　但原來這統統都是欺騙自己的伎倆。

　　每一次投球，真旭不是留力，便是刻意迴避這個分數。有一次他在最後一局打至231分，他只需要打倒一支球瓶便可以完成這個心願，但他就是刻意把球打進球溝。

　　他根本不想就這樣與菁宜劃上句號。

　　直至一天的晚上，真旭如常來到了5號球道，他看了看四周，還是不見菁宜的身影。他積慮的思念和失落感突然湧進心頭，在計分鍵盤上打上了菁宜的縮寫「QY」後，便立即提起了球，他很想用盡所有力氣，感受因球瓶被撞倒而發出的那種空洞而激盪的聲響，雖然就只得那一瞬間，但對於真旭來說，已再沒有其他方法令他減輕傷痛。他的投球節奏變得十分隨心，也沒有看過計分螢幕，投球前也沒有作任何思考和策略，只要看到球道閘門開始升起，他便立刻出盡全身的力氣投球，有幾次保齡球更險些兒撞倒閘門，但是他根本不在乎，他不想那種可以治癒自己的球瓶撞擊聲響相隔得太久。

　　只是過了十分鐘，他便一口氣打完了一局，右手有點發麻，

但他沒有想過要停下來，按下Restart掣後，他再次投球，球瓶相繼倒下來，不久又重新回到了原地。就算真旭怎樣做，它們還是站回原處。

球瓶倒下來，又站回原處。倒下，又站起來……

他一直在心裏問：「為甚麼……為甚麼……」

就算怎樣做，也解決不了。

第一局，第二局，第三局，到了第四局，真旭終於累透了，累得整個人躺在椅子，頭壓在椅背上。真旭看著眼前的計分螢幕，由左至右看著那十個分格，最後看著最右方的總分數……

「232」

他呆呆的看著那組很久未出現過的數字。看了多久？他早已忘記，只記得自己已經累得閉上了雙眼，深呼吸了一口氣，然後自言自語地說：「終於要完結了嗎？」

真旭答應了自己，就算菁宜不願意來到這個球場去見他，他也要拿到這個分數才會離開，如今他完成這個目標，好應該現在就做一個了結。他呆了良久，坐了起來，換上自己的皮鞋，雙手按著座椅，勉強地把身子撐起來，他不打算拿走那個跟隨自己多年的保齡球，因為他已經沒有剩餘的力氣帶走那份沉重，便決定轉身離開。

踏上台階，眼前站著一個女子。她向真旭微笑，還高舉了右手，說：「你還欠我一記擊掌。」

真旭看著菁宜，呆了片刻，他不想被她看到自己的眼淚，立即衝上前抱著她，緊緊地抱著。這時候，菁宜慢慢垂下了剛才舉起的手，緊緊地回抱著他，未幾，菁宜便聽到最愛的男人為自己許下的一句承諾：

　　「就讓我用餘下的日子償還給妳。」

第六篇　褻瀆「女神」

喝了不少酒，莊芷妍看來好夢正酣。由她傳來微弱的呼吸聲，很有節奏，沒有打亂房間的寂靜，窗外的世界也因她靜止下來。

戴尹希看了看她略紅了的臉，再次泛起那一刻的心動，就這樣輕輕地吻了下去，尹希沒有再進一步，他就是喜歡這樣的和諧，喜歡這樣的芷妍。

他們早在大學時認識。那時候，芷妍的「知名度」已經很高，沒有模特兒的身材，卻擁有令人眼前一亮的媚貌，加上懂得悉心打扮，她的魅力幾乎能夠把所有正極的雄性都吸附過來。

在尹希的記憶之中，芷妍沒曾試過孤單一個，因為她的身邊總會有不同的護花使者相隨。雖然尹希偶有與芷妍同行的機會，但當他每次走近芷妍的時候，總是好像被人監視和仇視自己似的。當然，在校舍或上下課時偶然遇見，又能夠與這位女神同行，他也懶得理會旁人的目光，因為他知道，這些機會可一不可再，況且，尹希絕對明白，自己不是對方那杯茶。

芷妍在學校不愁沒有選擇，男朋友如走馬燈。某天的課堂上，她坐在尹希的左邊鄰座，整個課堂時間都與坐在前面的楊樂華竊竊細語。據聞芷妍剛剛分手，而單看外表就知道樂華也是「玩家」一族，從他們的言行舉止，稍微一看就知道他們很快又會互相「撻著」。就在這個時候，芷妍轉身向著尹希，兩腳一蹺，用她最強的、楚楚可憐的眼神一直凝視著尹希；尹希雖然一直看著前面的教授，但是芷妍的美態實在十分撩人，尹希已經按捺不住，兩人在那時候眼神交疊，不消一會，尹希已經敗陣下

來，害羞地轉看回黑板處，那種好像被別人揭發做錯事般的有趣表情，令芷妍也不禁掩著嘴巴笑了起來。不久，坐在她前面的樂華半譏笑、半妒忌的對著尹希說：「芷妍剛才說，你其實很好，做男朋友也不錯呀！」

這明顯是他們在談情間隨便說出的話，這不是事實，甚至會讓人覺得她性格輕浮、用情不專、水性揚花，但她就是懂得運用自身的優勢，不管別人怎樣看自己，只要這麼一說，任何男孩子都不會抗拒，尹希亦然。得到大學裏最漂亮的女子這樣的稱讚，明知這是假話，尹希也對芷妍笑了一笑，表面裝作不在意，心裏已經高興得當晚難以入眠。他把這句說話如烙印般留在心底，成為了美麗的回憶。

畢業禮當日，尹希以為可以好好與芷妍道別，但是她沒有出席，聽聞她與男朋友鬧翻，心情難以平伏，就這樣，他們一直沒有見過面。這位在尹希眼中的奇女子，漸漸被擱置在記憶體中的一角。

尹希畢業後到了一間物流公司工作，他沒有好像其他同學般當上專業人士，而是一直在同一間公司裏打工。每年獲得象徵式的加薪，憑著年資晉升至中層的管理職位，卡片的銜頭就是這樣每隔幾年更新一次，除此之外便沒有任何改變，同一間公司，同一個聯絡電話、地址、電郵，只是自己在工作幾年之後，便「心血來潮」付了首期，買了一間比劏房好一點的納米樓，看著樓價在這十多年間的變化，尹希感恩以自己的資質，可以擁有屬於自己的安樂窩，已經比很多人幸福得多。

在這十多年間，他沒有想過轉工，而且安於現狀，大概是因為自己不喜歡接受新挑戰，又或是怕失去現在擁有的一切，而尹希自問也沒有哪些雄圖大志。事實上，他每次在聚會中，面對著那班不是工程師就是律師的舊同學，似乎都沒有一點自卑感，因為他一直知足為樂，清楚自己的能力和極限，抱負小一點，日後的失落感也會小一點；對自己的要求寬鬆一點，做人也會輕鬆一點。阿Q精神嗎？可能是吧，但他樂得如此。

芷妍一直是舊同學群組中的一員，每次的聚會她也會以短訊回覆，但最後往往不見蹤影。很多同學都見識過她這種難以觸摸的性格，也習以為常，而她最好的朋友、經常出席聚會的趙美堯便成為了她唯一的代言人：「芷妍說現在還在公司工作，趕不來了。」、「芷妍說身體突然有點不舒服。」其實，其他同學只是禮貌上詢問一下，對她出席與否根本不太在意。席間就只有尹希感到一次又一次的失望。

畢業後第十四年，又是相隔兩年的一次舊同學聚會。群組中除了有幾位要照顧孩子，或是外出工幹而缺席，其他都準時赴約，但最令人意外的，就是芷妍的出現。

其中一個同學看到芷妍在餐廳門口出現後便說：「大家靜一靜！我們來了一位稀客。」

這是相隔十四年後的第一次見面。

芷妍遲到了二十分鐘，但沒有人會怪責她（最少所有男同學都不會）。濃妝艷抹把歲月的痕跡完美地給掩蓋下來，餐廳中暖

色柔和的燈光好像刻意由上而下投射在她胸前的雙峰，山下只有一線纖腰承托著，上光下暗的燈光效果令它們更加「豐」湧、「凸」出，絲質綢鍛隨著芷妍身體的扭動，形成了不同長度和形狀的摺疊光暗位；當她除下外套，後傾的動作拉緊那部位的綢緞，緊緻得在綢緞表面也呈現了確確實實的胸罩杯花紋。那一刻，莫說是男同學，即使在座的女同學也看得目定口呆，她們部分是出自真心的羨慕，部分則只是附和著其他同學的嘩然聲，心裏卻不是味兒。

十四年不見，加上擁有相當的姿色，芷妍自然成為了全場焦點。十分鐘前，本來有十八人平均分布在長木桌上，現在超過一半都走到芷妍的一邊，寒暄、挑逗、問暖、奉承、親近……只有尹希繼續坐在美堯的旁邊，延續之前的話題。

兩人不是不重視芷妍的到來，而是已經預計到她的出現會引發小混亂。在眾多同學之中，芷妍比較混熟的其實就只有美堯，而美堯知道芷妍應付了那班狂蜂之後，便會主動回到自己的身邊。事實亦是如此，當侍應開始奉上前菜的時候，芷妍隨即拿起手袋和外套，主動走到美堯隔鄰的空座上。芷妍明顯比剛才看到那班狂蜂更為雀躍，一見面便互相擁抱。這時，芷妍笑著對美堯說：「怎麼又大了？」

美堯不落下風：「怎會？我加多兩塊也不夠妳一半。」

他們不斷說著這些色話，沒有理會過坐在隔鄰的尹希。

大家就座後，一面享受著美食，一面分享了各人近年的生活

和工作狀況，沒相見多年，大家與芷妍的話題自然比較多。言談之間，知道她在畢業後一直在一間著名的時裝品牌公司裏工作，現在已經晉身至坐房高層，同學們都認為這份工作十分適合她，芷妍也樂於分享她在巴黎、倫敦和蘇黎世籌辦時裝展覽的樂與苦，但當談及自身感情的時候，她最多只說了一些出埠期間經歷過的艷遇，而且點到即止，一笑置之，關於男朋友的事情更絕口不提，好像要迴避著甚麼。

「聽講那年妳與樂華拍拖，是真的嗎？」其中一位女同學終於忍不住發揮了好管閒事的本色。

「樂華？……嗯，那年我們曾經走在一起，不過很快便分開了。唉，那些年的所謂戀愛日子，不提也罷了。」芷妍沒有逃避，但很快便轉移到其他話題，同學們知道她不想提及以前的風花歲月，也識趣沒有追問下去。

今晚的尹希比之前沉寂了不少，雖然芷妍偶有在其他同學的「訪問」間與尹希交談，但都是例牌式的互相問候：「你還在那間物流公司做嗎？」、「妳的樣子沒有變過。」、「你還在北角住嗎？」、「最近有去旅行嗎？」相比芷妍的多姿多采，尹希寧願多聽一點。他一直有留意著芷妍的每句說話、舉動和表情，發覺她確實比十四年前成熟了不少。他不懂得時裝，但也估計到她身上的首飾和手袋價值不菲，不只是表面的妝容和衣著品味，言談間流露的自信明顯是由多年的經歷與挫折換取而來的。

尹希看著這位主角，回想十四年前的自己，就像重拾了當年一樣的感覺，這就是彼此間的距離是一樣的遙遠。他與芷妍根

本是生活在兩個世界的人，尹希只可以藉著與芷妍偶然間的觸碰，擁有那份共同但眨時的感覺；他甚至只可以卑微得，悄悄的、深深地吸著由芷妍散發出來的茉莉香氣，其他的，似乎都遙不可及。

三小時的舊同學聚會就這樣結束，大家都約定了兩年後再見。道別之際，芷妍特意走近了尹希，說：「我也是北角人，一起走吧。」這麼一說，不單擊退了想送芷妍回家的男同學，更令尹希有點束手無策。芷妍為免其他人跟來，還抱著尹希的手臂，拉著他前去車站方向，其他同學看見，無不錯愕了一下。

他們就這樣，一直走到下一個街角。

尹希終於開口說：「妳不是住在北角，對嗎？」

這時，芷妍才鬆開了手，略帶歉意地說：「對不起，我不是有心說謊的，只是不想那些人有多餘的想法。」

「如果妳不嫌棄的話，我送妳回家吧……我沒有多餘的想法。」

芷妍展露了微笑，與剛才席間的笑容般若兩樣，那是發自內心的笑容：「我就是知道你不像其他人……那麻煩你了。」

他們不選擇乘搭的士，而是一起步行至中環碼頭，再乘搭渡輪前往尖沙咀。剛才說話不多的尹希滿有幹勁起來，主動跟芷妍分享了這十多年來的生活點滴，家人的離合和工作上的無奈；芷妍也說出了剛才席間以外的話題，包括了她的感情生活。

「那些年，只要成績足夠畢業的話，我便會用盡餘下的時間

拍拖，很傻吧？記得那天是上PH（Public Health），我一直看著你那個專心抄寫筆記的樣子，便覺得你跟我一樣傻，傻得還有點帥，那一刻我沒有理會坐在前面跟我搭訕的樂華，轉身看著你，當時，我真的有點……有點喜歡你。」

芷妍突如其來的「表白」，確實令尹稀有點不知所措，但他很快便調整了心情，自嘲地回了一句：「估不到你連我也看上了。」

當晚的海風特別冷，他們瑟縮在碼頭閘門前牆邊的一角，躲避著冷風直吹。

「尹希，說真的，我覺得你經常看輕自己，做男人一定要有自信，就算實力未夠，也要強裝一份自信出來，別人才會相信你，追隨你。」芷妍好像以上司的身分來勸勉尹希，但尹希沒有介意去認真聆聽。

「這一點我是明白的，或許我應該聽妳說，嘗試多點表現那份自信出來。」

渡輪的響號傳遍了整個維港。

海風從四面八方來襲，芷妍儘量迎向當風的方向，不讓自己的長髮亂竄，她雙手緊抱在胸前，雖然她一身都是名牌服飾，卻明顯沒有多大的保暖作用。這時，尹希除下了外套，披在芷妍的身上，她頓時感受到尹希留下來的餘溫。她看著尹希，說：「你不冷嗎？」

尹希裝著一副自信的表情：「不要看輕我。」

兩人一起笑了起來。

他們的手臂外側同時緊貼在一起，即使相隔了幾重衣料，但對於尹希來說，已經是一種恩賜。他的眼裏裝著欣賞尖沙咀海傍的景色，卻把所有感官都專注於那部分皮膚的柔軟感和溫暖感，心裏不斷暗自喜悅。

自從這次的聚會後，尹希便開始收到了芷妍的訊息。他們互相問候、訴苦、安慰、鼓勵、祝福，兩人很久沒有感受過這種親切的關懷。沒多久，他們便相約共進晚餐，這確是值得紀念的一天，因為這是十四年後他們第一次的單獨會面，也是十四年以來尹希最期待的一次約會。

為了這次約會，尹希打開了衣櫃，嘗試配搭出最合適的裝束，他還特意在放工後走到一間名店，購買了平生以來最昂貴的黑色孖襟長褸赴會，他希望可以用有限的能力和品味，儘量拉近與芷妍的距離。

約會當日，眼前的芷妍，無論在外貌抑或衣著品味依舊令人賞心悅目。這次她沒有好像在舊同學聚會般掃上濃妝，淡妝加上白色襯衫、小黑裙和高跟鞋，簡單的配襯散發著時尚感；尹希也沒有過分的配搭，一摺全新的黑色孖襟長褸、牛仔褲和真皮靴。芷妍從遠處一直看著走近的尹希說：「今天你穿得很好看。」

尹希也藉機逗著芷妍：「跟時裝達人去街，怎樣也要配搭一下。」

的確，他們的裝束十分相襯，再者，雖不是朗才，但女貌方

面卻吸引著不少途人的目光，芷妍早已習慣，尹希也沒有不自在的感覺，皆因這種情況早在大學時候已經歷過。話是這樣說，昔日的大學之花跟自己走在一起，怎樣都會有一點緊張，再加一點享受。

這次的相聚，雙方感覺良好。彼此相信對方，因此沒有啥顧忌，他們分享了生活，分享了往事，而最令尹希感到震憾的話題，就是芷妍在一年前幾乎結了婚。

「他是我的客戶，因工作關係認識了。我們有各自喜歡的生活模式，大家都很獨立，很有個性。直至有一天，我們喝了點酒，我問他結婚好不好，他的反應不是很雀躍，只是點頭後就親了過來……之後，我獨自籌備婚事，排期、印帖、影相、訂酒席，但他從未參與過分毫，直至最後幾天，他悔婚了。」芷妍停了下來，尹希沒有催促她，只是替她斟了點白酒。

她無奈地笑著說：「幸好他沒有像電視劇那樣，待我穿上婚紗那天，才跟我說要分手。」

「你掛念他嗎？」尹希直截了當地問。

「不，那已經是過去式了，我只會看現在。」芷妍看著尹希說。

尹希的心「撲通」地跳得很厲害，他轉移了視線，並嘗試解話：「這件事令妳認識到真正的他，雖然付出了代價，但我相信妳可應付得來。再講，哪有一齣愛情劇的劇情是風調雨順的？上天是公平的，祂難為妳，但也不會待薄妳。」

芷妍拿著酒杯，趨前問道：「例如呢？」

尹希想了想，說：「例如有機會與我在這裏吃晚飯。如果妳嫁了給他，便不可能會有這一個晚上。」

芷妍回復了坐姿，說：「我不是那種重色輕友的人，即使我嫁了給他，我仍然希望與舊朋友聚一聚。」

尹希摸不透芷妍的心意。自己是她的現在式？抑或只是普通的舊朋友？在芷妍的心目中，尹希的確比其他朋友的地位較高，最少她願意與尹希分享這段鮮為人知的失婚往事，但她知道自己總不能夠太快便展開另一段感情，心裏的矛盾抑壓著她對尹希的感覺。

上一次舊同學聚會後，尹希只知道芷妍住在尖沙咀，當晚，芷妍索性邀請尹希上來。那是一幢擁有超過六十年歷史的舊樓，他們身處空間細小的手拉門式升降機中，看著每隔幾秒跳動一次的樓層燈，沒有說過半句話，直至升降機震動了一下，「轟隆」一聲後，芷妍便純熟地順勢拉動摺閘、推開閘門，兩人離開了升降機，在未走到走廊盡頭之前，便已經聽到雀躍的狗吠聲。

芷妍愈扭動著鎖匙，屋內傳來的吠聲便愈猛。

這時，尹希已經急著說：「好了，妳今晚早點休息。」芷妍在推開大門前停了一下，笑說：「怎麼了？你怕狗嗎？」

尹希連忙回答：「不，只是⋯⋯」

「那就好了。」芷妍未待尹希說完，已經推開了門，屋內一隻金毛尋回犬隨即飛撲上來。

「毛毛！好了……不要這樣頑皮，會嚇親大叔的。」芷妍一面揉著狗狗的臉龐一面說。

未幾，狗狗才發現主人身旁竟然出現了一個全新的雄性，尹希沒有理會芷妍說自己是「大叔」，只是顧著蹲下來搓揉著毛毛，而毛毛似乎也十分喜歡尹希。牠先嗅了嗅尹希的真皮靴，再看看尹希雙眼，二話不「吠」便作出第二次撲擊，牠伸出長舌頭，不斷逗著尹希玩，幾乎把他重金購買的黑色孖襟大褸抓至體無完膚。

「你們是否一早已經認識了？怎麼第一次見面就這麼混熟……毛毛！你不理我了嗎？」聽得出，也看得出芷妍真的有點妒忌。她攔在一邊，雙手撐在腰間，看著毛毛不斷圍著尹希團團轉。

「你不進來坐一下嗎？」芷妍問。

「晚了，明天一早要開會。下次……下次我們再約吃飯？」

「好，早點休息，我……今晚再找你？」

「嗯，我回家後給你報平安。」

尹希挺回身子，互相說了「再見」後便離開。芷妍拉著毛毛走出了鐵閘，目送著尹希。

兩人揮了揮手，尹希便走進了升降機，閘門順勢關上，摺閘也拉上之後，升降機便開始往下去……

「砰！」尹希把頭狠狠地撞在升降機的圍板上，心想：明早

哪有會要開？

　　他怪責著自己，卻又興奮莫名，這種矛盾心情，還是第一次。

　　兩人如常朝九晚六上下班，生活卻一點一滴起了變化。工作枱上除了文件，還有不時從手提電話傳來的短訊、相片，有時，只是一個表情符號，都可以令他們在苦悶的工作中帶來不少動力，尤其對於尹希，這種感覺就跟一對正在戀愛的情侶無異。

　　平日來來往往的短訊，這一天卻出現了異樣。整個上午尹希也收不到芷妍的回覆，直至傍晚，芷妍才傳來當日唯一的短訊：

　　「你今晚有空來我家嗎？」

　　「當然有空，我恨不得現在就來！」……尹希當然沒有這樣回答，心裏的興奮心情卻已經掛在了臉上。現在距離下班還有個多小時，就在這個多小時內，他每隔五分鐘便梳理一下頭髮，每隔一分鐘就看看電腦螢幕上的時鐘，尹希根本沒有在工作，只是盯著那不斷遞增又重新開始的秒鐘數字，直至到了18:00:00，他便好像賽馬開閘的一刻，一起起步，一直衝向公司大門，瞬間消失。

　　那一刻，世界上沒有任何人比尹希更想去到尖沙咀。他在車廂中選擇了一個可以最快離開的位置站著，心裏一面責怪列車司機龜速前行，一面幻想著一會兒會跟芷妍做些甚麼：她正在準備早前說過的家常小菜？對新購置的蘋果電腦操作有問題？家中的燈泡要換嗎？還是吃完飯後會一起坐在沙發上閒聊、看電影，抑或……

　　尹希後悔為甚麼不選擇乘搭的士。

　　半小時後，尹希來到了芷妍居住的大廈門前，他靠邊移了幾步，行近隔鄰店舖旁邊的裝飾鏡前，重新整理了裝容，深呼吸了一下，便按下了大廈密碼，大門「咔」一聲彈開，尹希順勢拉開，他與吃著飯盒、聽著粵曲的看更互望了一下後，很快便竄進了那部古舊的手拉門式升降機。升降機內的機械齒輪如常發出了「轟隆」的巨響，但尹希的心跳聲比它更響，他用右手按住胸口，嘗試壓抑著自己緊張得要命的情緒。

　　「叮！」升降機來到了十二樓，尹希撥動摺閘、推開了閘門，他走到了芷妍的門前，一直聽不見毛毛在吠叫，他再次梳理一下頭髮，吸了一口氣，按下門鐘。這時候才聽見毛毛作出了回應，除了吠聲，還聽到牠在門後不停用前腳抓門的聲音，唯獨聽不到芷妍迎來的腳步聲。

　　已經過了半分鐘，尹希心想，「芷妍不在家嗎？還是在廚房、洗手間？」他正在考量著是否應該按動第二次的門鐘。

　　「但如果芷妍在家，毛毛的吠聲已足夠讓她知道有人在門口待著。」於是他耐心地站在門口，差不多過了一分鐘，尹希終於隱約聽到房門開動的聲音，接著就是拖鞋緩慢拖著地面的腳步聲和一聲柔弱的指令：「噓。」

　　毛毛再沒有吠，大門和鐵閘相繼打開，眼前是穿著一身睡袍的芷妍。

　　卷曲濃密而帶啡的頭髮都靠在一邊去，蒼白的面色下沒有

一絲神采,單薄的睡袍中明顯看到一雙酥乳,尹希逐部掃視,卻很快又轉回芷妍的臉上去,因為她那塊面無血色的臉容實在更加「矚目」。芷妍好像要用上僅餘的一啖氣力跟尹希說:「對不起,我今天有點不適,你可否給我買點東西?」

尹希一面說「好」,一面忙著托住了芷妍的雙臂,恐防她就此倒下。他關了門,讓芷妍慢慢轉身,一步一步走回房間,毛毛也跟著他們。尹希感覺到芷妍病得很重,全身已沒有多少力氣,她好不容易躺在床上,尹希用手蓋著她的前額,說:「妳在發燒,我一會兒帶妳去看醫生。」

芷妍慢慢地搖著頭,停頓了一下再說:「今早看過了,四小時後會再吃藥,麻煩你了。」

尹希一臉擔心的樣子,緊接著說:「就讓我照顧妳吧。」

芷妍只報了微笑,沒有再說話。

尹希替她好好地蓋上被子,開了一點窗,離開了房間,他在門隙中回看著芷妍,想起剛才接到芷妍的訊息後的幻想和妄想,充滿著罪咎感,他輕輕地關上了房門後,自己也不禁恥笑著自己。那一刻,尹希一點也沒有留意到身旁的毛毛,牠乖乖地坐在地上,全程看著自己的一舉一動,好像要跟他說:「你要動芷妍一根汗毛,我一定不會放過你!」

好了好了,尹希知道照顧芷妍之前,首先要照顧好毛毛。他在屋內找了很久,才找到鎖匙和狗繩,尹希猜想毛毛整天也沒有出過門,一定心急難耐。

　　牠帶著尹希一直走，穿過了大街小巷，街市、公園，經過了十多棵樹，留下了大片肥料，尹希知道這就是芷妍每天與毛毛的步行足跡，樂得其中。雖然尹希完全沒有養狗的經驗，但與毛毛出奇地合拍，牠沒有扯繩、咬繩等欺負「新主人」的行為，偶然還會突然停下來，伸著長舌，看著尹希，好像要跟他說：「以後你要帶我來這裏，明白嗎？」尹希被牠這些古怪行為逗得發笑，他摸摸毛毛的前額，示意明白之後，牠才願意繼續向前走。

　　尹希一直擔心著芷妍，遛了約半小時，尹希便示意毛毛要回家了。當他們走到街角附近的一間熱狗店外，毛毛卻突然蹲了下來，牠一直死盯著店舖裏的職員，怎樣拉也不願走，直至其中一位男店員走了出來，毛毛隨即雀躍地跳起。他看到尹希，再看看毛毛，思考了片刻，便對著尹希說：「哦，你好，今天是你帶毛毛遛嗎？你等一會……」

　　尹希不斷在想：「今天是你帶毛毛遛嗎？」這一句話有甚麼意思？他一時間沒有任何頭緒，那位店員便已經手執著一條廚師腸遞給毛毛，原本已經亢奮不已的毛毛立時施展牠擅長的飛撲技，雙腳抓住那位男店員的心口，口裏的那條廚師腸已經瞬間消失得無影無蹤。

　　尹希不想在外面待得太久，只好跟那位店員說：「不好意思，謝謝你了。」後，便帶著毛毛回去。

　　尹希回到芷妍的住處，他輕輕地推開了房門，芷妍仍然睡著，他放心下來，距離下次用藥還剩下三個小時，他開始替芷妍的廚房和大廳來了一次空間大改造。

廚房有點慘不忍睹，雪櫃裏不是白酒就是紅酒，最深處還有兩包開了口的薯片，冰格放了一盒過了賞味期限的雪糕，以及一包不知放了多久的乾瑤柱。尹希先清洗好擱滿在洗碗盤裏（相信已有一段日子）的碗筷，煲了熱水，斟了部分入保溫瓶，其餘的攤涼一下，待至暖和後浸了其中兩粒乾瑤柱，然後他花了半小時研究怎樣開動那個電飯煲，最後才發現它原來已經壞掉了。

毛毛伏在廚房門前，眼睛偶然會向上看看尹希在做甚麼，接著就打了個呵欠，繼續睡牠的覺。

大廳也不見得似大廳，除了電視機外，所有「平面設計」的家具和電器，統統都放上不同的衣服。雖然說平日不喜歡整齊的人，永遠都不喜歡別人移動他們凌亂不堪的物件，但尹希實在看不過眼，決定把餐桌、茶几、沙發、唱碟機上的衣服，按種類和清潔程度，把它們放在衣櫃或洗衣機裏。他逐一拿起來檢視和分類：還未甩掉價錢牌的長裙、反轉了的開胸毛衣、摺皺了的外套、在領口留下了胭脂的恤衫、劃破了的右腳絲襪，還有鮮紅色的喱士胸圍。尹希分別用食指和拇指扚起了兩邊的胸帶，讓燈光照一下那是已經穿過的，還是新洗淨的，當他看著在燈光透射下的俗大胸圍，再看看眼下早已盯著他的毛毛，尹希才回過神來，說：「不要誤會，我不是你想像的那樣。」他才把那件胸圍放在洗衣桶裏。

尹希沒有停下來，他用了清潔液、酒精來清潔和消毒全個洗手間，把雜亂的牙膏、牙刷、臉巾、浴衣和數以十計的化妝和護膚用品排列整齊，然後把全屋打掃一遍。毛毛全程看著他，他也

終於明白了毛毛的意思，因為除了那條廚師腸，恐怕牠整天也沒有吃過東西。尹希把狗糧倒進了盛器，然後他又回到了廚房，準備他唯一的拿手菜式——瑤柱粥。

三小時後，房子總算可以變回房子的模樣，同時也傳來了瑤柱香。尹希在廚房舀了一碗後，輕輕地推開了房門，芷妍還未醒來，尹希小心翼翼地把那碗熱騰騰的瑤柱粥放在化妝枱上，然後坐在床頭看著芷妍。她的呼吸聲有點急促，臉色仍帶點微紅，尹希拿著紙巾，輕輕地印乾她額頭上的汗水，再用手背按了一按，仍然感受到不正常的高溫。她看著芷妍，可憐的芷妍，尹希的心好像被刺了一下，正當他看得入神，毛毛突然吠了一聲，這時，尹希看著站在房門的毛毛，立即示意牠不要再吠，牠也乖乖地坐在門邊，但剛才的吠叫已經驚醒了芷妍。

尹希回過頭來，發覺芷妍已經睜開了雙眼看著自己，於是他說：「是時候吃藥了，來，慢慢坐起來。」

他扶著芷妍坐在床頭，安頓了她以後便說：「吃藥前要吃點東西，我知道妳沒胃口，但也給個面子吃兩啖吧。」他先讓芷妍喝了點暖水，待她的喉嚨可以舒服一點，然後拿起了粥，左右吹了吹那匙粥湯，再看著芷妍的微笑。

「怎麼病了也可以這麼美？」

尹希當然沒有這樣說出口。

一啖又一啖，不知道是芷妍餓壞了，還是那碗瑤柱粥真的是這麼美味，整碗粥都給芷妍吃下去，接著她吞下藥丸，尹希便

說：「毛毛剛才已經出外大小便過，也餵了狗糧。我煲多了粥，如果妳餓了就舀來吃吧，那些未穿過的衣服放在……」

「今晚你可否留下來陪我？」芷妍醒來後的第一句話就提出了這個請求，尹希哪有可能會拒絕？

吃完粥，食過藥，芷妍躺了下來，尹希重新替她蓋好了被子，撥了撥額上的亂髮，說：「休息一下，有甚麼想要就叫我吧。」

正當尹希站起來想轉身離開，芷妍立刻捉住了他的右手，這種觸碰感覺來得相當震撼：在彼此臨分別的一刻，一位睡在床上，只穿上睡袍的美人捉著自己的手，要求對方留下來陪她，接著的一秒，就快要上映電視劇中，被拉回來的男主角回頭激情擁吻床上女主角的一幕了？

尹希一面想，一面順勢回頭看著芷妍。她還在被窩裏，用盡了每一口力氣說：「尹希，多謝你。」然後便合上了雙眼。

甚麼事情也沒有發生。

尹希定個神來：「不……用客氣。」說罷便匆匆地離開了睡房。尹希關了房門後，在門前站了很久，又用雙手拍打著自己的臉龐，希望讓自己清醒一點，同時怪責自己為何總是往歪處想。

毛毛看了看尹希，又回復了睡姿，那不屑的表情好像在嘲笑著自己。

他呆坐被清空了的沙發上良久，對著黑漆漆的電視螢幕，反照著自己疲累的樣子，直至肚子也忍不住咕嚕起來，尹希才發現

自己忙了整晚，還沒有吃過一點東西。他想了想，想到了放在雪櫃深處那兩包打開了不知多久的薯片，再斟了一杯水，這就是他在當天下午開始一直滿心期待的晚餐。

　　翌日，尖沙咀的街道開始繁忙起來，搬運貨物和汽車的響唉聲代表了已經到了中午時份，芷妍醒來後按了按自己的前額，似乎已經退了燒，身體也回復了一些力氣。她走出了房門，迎來毛毛的熱烈歡迎，本來還希望看到睡在沙發上的尹希，但眼前的景況，令她有一刻以為自己還未睡醒：平日鋪滿了衣服的家具「重光」，地上的灰塵也已經一掃光，廚房、洗手間煥然一新，久未露面的餐桌上有一碗瑤柱粥，碗底還壓著了一張紙條：

芷妍：

　　好點了沒有？今早我看到妳還在熟睡，不想打擾，所以先走了。

　　剛翻熱了粥，妳醒來後先喝下，才吃藥。今晚我再來看妳。

希

　　有多久沒有看過筆寫的紙條了？芷妍看了一遍又一遍，窩心得展開了打從心底的笑容。

　　尹希如昨天一樣，看著桌上電腦上的時鐘踏正18:00:00後，便第一時間前往尖沙咀。他在車廂中選擇了一個可以最快離開的

位置站著，但心裏再沒有責怪列車司機龜速前行，腦袋也沒有幻想著一會兒會跟芷妍做些甚麼。他到了尖沙咀站後，沒有立即前去芷妍的家，而是先去超級市場，補充一些日用品和食物，好讓她平日可以吃得好一點，即使這晚又只得自己在沙發上待著，也可以比昨晚吃得好一點。他雙手拿著滿滿的兩袋，按下了大廈的密碼，與吃著飯盒、聽著粵曲的看更互望了一眼後，慢慢地走到那部古舊的手拉門式升降機，駕輕就熟地拉動了閘門，推開了摺閘。升降機內的機械齒輪依舊發出了「轟隆」的巨響，但尹希已經習慣了，待至十二樓，毫無懸念地向左轉，走到了芷妍的門前。

尹希按下了門鐘，這一次除了聽到毛毛的回應，也很快聽到了芷妍的腳步聲。

門一打開，昨天靠在一邊的卷曲濃密而帶啡的頭髮都紮成了馬尾，芷妍的面色再沒有昨天般蒼白，睡袍已換成了運動便服，尹希看了一眼便說：「剛好了一點又外出了嗎？妳這不聽話的孩子。」

「無論如何也要帶毛毛出外一趟，原諒我吧。」芷妍半撒嬌地乞求尹希的原諒，尹希也沒她辦法，拿著兩大袋物資一口氣直衝進廚房，毛毛也跟隨著他。尹希先把兩大袋食物和日用品放在廚房的平台櫃上，然後逐一從袋中拿起雞蛋、鮮奶、麥皮、米……

芷妍突然從後抱著尹希。

尹希正抽起著一包白米，他呆住了2.5秒。

很快他已經支持不住，放下了白米，轉身回應了芷妍。

尹希吻著芷妍，芷妍沒有任何抗拒。

過了多久？一分鐘？五分鐘？直至眼下發現了毛毛看著自己，尹希才慢慢離開芷妍的雙唇。

這時候，芷妍才有空說出對尹希的感覺：「原來你這個人也蠻直接。」

尹希一臉尷尬地說：「妳……不喜歡？」

「不，只是……你不怕給我傳染嗎？」芷妍溫柔地問。

「我寧願把妳身上所有病菌都傳染給我。」尹希的回應觸動著半昏睡半清醒的芷妍，她的唇線慢慢向上翹了起來，整個身體也軟了下去，但是她知道尹希一定會抱回自己。這時候，兩人完全地貼緊在一起，他們一直吻著，無視眼下的毛毛，尹希抱著芷妍回到了睡房後，順勢用右腳把房門一關，在只有兩人的房間裏，尹希把一直以來的妄想化成了真實。

翌日早上，尹希準時回到了公司，同事們看著他，除了發現他身上的黑色孖襟大樓、皺摺了的恤衫和西褲都與兩日前無異，頭髮也好像很久沒有沖洗過而變得油膩凌亂；他們還發現尹希經常在自己的座位上傻笑，坐在隔鄰的同事開始擔心起來，忍不住問：「尹希，你最近是否太忙了？」

尹希笑著說：「忙，很忙，但也是值得的。」

同事們對他敬業樂業的精神深表同情，只有尹希自得其樂。

哪一個男人的心裏沒有夢寐以求的女人？但又有哪一個男人可以擁有夢寐以求的女人？尹希做到了，他一直夢寐以求的女人就是芷妍，如今他夢想成真，可以與她相擁在一起。現在，尹希除了在公司當一個朝九晚六的機械人，其餘大部分時間都充滿著甜蜜和期待，拖著這位令人豔羨的女子，他自覺即使平日逛街、走路也顯得自信滿滿，昂首闊步。尹希一直暗想：芷妍前度男朋友都是醫生、律師、會計師又如何？自問只是一個小職員，最後也可以成功征服女神，覓得真愛，這項事跡，足以寫入人生史冊！

尹希與芷妍的愛情故事，的確可以寫入他的人生史冊：

那年五月的一天，尹希答應了芷妍出差公幹的時候，幫助她照顧毛毛。那時候芷妍的房子早已回復了尹希第一次到訪的時候，全屋所有平面家具和電器都放滿了外衣、內褲，廚房也是熟悉的舊場面。尹希沒有怨言，而且他已有相當的「工作經驗」，每天都做著第一天做過的事情。

七月的一天，炎熱，尹希再沒有別的好去處讓芷妍驚喜，於是提議到山頂看夜景，芷妍隨即就說：「天氣那麼熱，上到山頂衣服都濕透了，難道你沒有更好的地方想去嗎？」她整個晚上再沒有說過半句話。

九月的一天，尹希帶著芷妍搭乘了一小時的巴士，前往一間已經有很多顧客在門外排隊的著名甜品店，當他想著是否應該光

顧，還是到別的地方之際，芷妍已經半喝著他問：「你不去拿票排隊還待在這裏幹甚麼？」身旁排著隊的顧客看著他們，尹希只好無奈地遵從。

十月的一天，尹希耗費了大半的積蓄，與芷妍來到馬爾代夫旅行，由籌備、交通、住宿到回程，似乎沒有一項令芷妍滿意過，爭吵、偏見、誤會、忍受，尹希甚至沒有在任何一個晚上碰過芷妍，就像兩個不相識的人去旅行一樣。

回港後不久，尹希如常地在芷妍的家中忙著。到了深夜，門鐘響了起來，芷妍終於回來，她喝了不少酒，尹希扶著她上了床，替她蓋好了被子。

由她傳來微弱的呼吸聲，很有節奏，沒有打亂房間的寂靜，窗外的世界也因她靜止下來。

尹希看了看芷妍略紅了的臉，再次泛起當天在廚房裏被緊抱著的一刻心動，就這樣輕輕地吻了下去，然後轉身，關上了房門。

毛毛一直看著尹希，他慢慢地蹲了下來，抱一抱毛毛，不斷撫慰著牠，很捨不得，但還是要離開。

翌日，搬運貨物和汽車的響咬聲吵醒了芷妍，她頭痛不已，下床後到處找著止痛藥，心裏不斷怪責尹希又把自己的東西隨處亂放。找著找著，看到了餐桌上的一碗瑤柱粥，碗底下沒有壓著紙條，只在旁邊放上了早前留給尹希的鎖匙。

尹希回復了以前的刻板工作和乏味的生活，但他毋須再做

「鐘點」，也毋須想著今天去哪裏、吃甚麼才能夠逗她歡喜，他可以不用再花錢買衫裝扮，穿上那根本不舒適的黑色孖襟大樓，安份地繼續做著以前的小職員，過著平凡的生活，卻樂得自在。

一天，尹希因工作關係，來到了尖沙咀與客戶晚膳，在言談間，他在玻璃窗外看著那條熟悉的街道，那些熟悉的店舖，當天的回憶湧進了腦海。迷思之間，毛毛竟然就在眼前出現！

牠從街頭就開始左穿右插，還一直拉扯著身後的男子。那個人似乎已經用盡了方法想控制牠，但毛毛照樣我行我素，直至牠蹲在一間熱狗店外，那個男人看來才鬆了一口氣，待店員拿著香腸給毛毛後，牠又再次主導著男人，一直拉扯著他亂衝亂撞，直至消失在街尾之後。

尹希終於明白，當日那位男店員跟自己說：「今天是你帶毛毛遛嗎？」的意思了。

坐在隔鄰的客戶打斷了尹希的迷思：「看到朋友了嗎？」

「不，原來那個不是她……對不起，我們繼續談吧。剛才你說公司將來計畫開拓新的物流團隊……」尹希繼續之前的工作話題。

尹希會想起芷妍嗎？當然會，但只限於在大學時同行的日子，以及那一天、那一刻她從後的擁抱。

幻想總是最美麗，就讓她留在幻想之中吧。請不要褻瀆，因為這樣的她才可以永久長存。

第七篇

你這剎那在何方

　　很多人在入睡前也會回想過去，那可能是當天遇過的一件難忘趣事、做過糟透極的行為、說過深感後悔的說話……即使是過了最平淡的一天，也可能會掏出心底裏的「歷史人物」，回想與他／她一起經歷過的一段往事，當中有甜蜜，也會有傷痛，但是，只要保留前者，再把後者自編成一齣《如果當時……》的妄想劇，那麼任何已經成為了現實的結局都可以給完全改寫，在順應心意及扭曲過去的劇情發展下，順利入眠。

　　最近，林政彥經常用這個方法替自己醫治失眠。

02:05

　　他在睡前習慣把收音機調校為睡前模式，兩小時後自動關機。現在已過了一半，傳來了黎明的《情深說話未曾講》，他合上了雙眼，心裏哼著歌詞，想起了戴艾莉。

　　那年已經是第三年一個人過聖誕，相識多年的好友尹志杰早已看不過眼自己那種佛系式的感情生活，在那些年間搞了多場行山、打球、唱K等團體活動。而志杰在籌備每次活動的時候都偶有心思，出席的朋友，部分已經結婚，部分已經一雙一對，但他們只是活動中的「陪襯」，剩下來的一兩位單身一族才是女主角。她們有些是志杰的舊客戶，有些是同事、同學。論樣貌、學歷、財力，她們都不愁沒有對象，只是因為大家都相識了一段日子，偶然有共同的空檔，便趁機相聚一下，這些可一不可再的相聚，志杰視為給另一位男主角政彥的大好良機，但這位男主角似乎毫不重視。

老實說，政彥不是金融才俊、專業人士，也不是玉樹臨風、樣貌非凡，他只是個子和鼻子高一點的四眼中年漢，這種平平無奇的男人本來已沒有甚麼賣點，更令人難以觸摸的是他「宅」的性情。政彥不太喜歡說話，更不喜歡社交，你給他一本余華的《活著》、倪匡的《處世之道》或者星野源的《從生命的車窗眺望》，他可以整日足不出戶，遇上好看的動漫或電影，更加可以人間蒸發，因為他可以看同一齣《綠里奇蹟》、《地球末日戰》和《福爾摩斯》（羅拔·唐尼飾演）電影超過二十次，再無限loop某段對白和情景……還有，如非必要，他不太喜歡回覆別人訊息，世間上恐怕只有志杰不會怪責他這種已讀不回的習性。社交帳戶？政彥已經三年多沒有更新了，如果不是志杰有時tag一下與他的日常，不熟悉政彥的朋友還以為他是否已經不在人世。

　　志杰與政彥相識了六年，深知他的喜惡和脾性，勸不了也迫不得，於是，為了聯誼也好，為了替好朋友找個伴都好，他搞了一個又一個表面不是相體實際就是相體的活動，但都是沒有好結果。她們有些認為政彥不是那杯茶，有些確實有點興趣等待邀請，但政彥就是不理不睬，有些參加完聚會後，還反問志杰：「政彥？哪一個是政彥？」

　　政彥當然知道志杰用心良苦，但他就是喜歡順其自然。有一次志杰實在忍不住，語重心長地問他：「難道這麼多次聚會，就沒有一個看得上嗎？」

　　「有呀，上次那個Michelle不錯呀，現在回想起來有點似綾瀨遙，不過都是富二代Sarah好，完全滿足我希望下半世吃軟

飯的條件，還有一個叫Kitty……抑或Kelly？說真的，她有點似你妹妹。話說回頭，你妹妹今年畢業了嗎？」政彥明顯敷衍著志杰。

志杰還是死心不惜：「認真一點好嗎？我這些朋友都算是高質素，而且機會難逢，但每次看到你總是攔在一邊做孤獨精，到人家主動走來跟你聊天，你就只是問一句答一句。」

政彥解釋道：「你不是第一天知道我有社交恐懼症嘛，每次對著陌生人我也不知應該要說些甚麼，性格沉悶轉數又慢，怕得失人，乾脆地不說話好了。」

「三年了，難道你就想這樣下去嗎？」志杰突然一臉認真。

政彥沒有正面回應：「你還是專注追求你的郝浩琳吧。」

志杰突然想起：「對了！她約了我在平安夜吃飯，一起來吧。」

「我才不來做電燈泡。」政彥語氣肯定地答。

「不，是她邀請我和你一起來的，我看你那天都是待在家中打機看戲罷了，就這樣吧。」

政彥來不及回答，志杰已經掛了線。

自從浩琳在年頭來到志杰的公司工作後，他便認定了對方，並展開了追求，他們還不時在下班後約會，浩琳更因此認識了政彥。其實，浩琳和志杰兩人都對對方有好感，只是志杰沒有勇氣作最後一擊，那既然政彥是他們的公因數，他也不吝嗇做那個電

燈泡，希望反過來早日成全他們。

　　平安夜，政彥如常工作，直到晚上，他發現身邊的同事一早便離開了，辦公室裏就只剩下自己。這時，他看一看手錶，想一想，感覺好像有些事情還未去做。政彥想了很久，就是想不起來，他如常繼續工作，又停了下來，再想了一想，這時候他才記起今天晚上約了浩琳和志杰。他看看手錶，才知道情勢危急，如果給志杰知道自己又是因為埋首工作不現身的話，他一定會怪責自己，於是立刻執拾好隨身用品，衝出了辦公室。在等候升降機的時候，卻發現剛才忘記了替電話充電，電量就只剩下8%，但已沒有時間容他折返，政彥連忙發了一個短訊給志杰，說明了現況，並嘗試以飛快的速度趕赴現場。

　　本來需要三十分鐘的路程，政彥只是用了二十分鐘便準時抵達了餐廳，這免得被志杰責備，但代價就是大汗淋漓，披頭散髮，令原本已經呆頭呆腦的政彥更加不討好。不過政彥也沒想過要盛裝赴會，反正平時裝扮如何「不堪入目」，志杰也看過了；至於浩琳，她尚算了解自己經常不修篇幅，相信她也不會介意。

　　政彥甫進入餐廳，第一眼便看到遠處那位背著自己坐的女子，她的對座就是一直對著政彥流露狡滑笑臉的浩琳，而浩琳隔鄰的志杰則不斷向政彥揮手示意。政彥一步步的走向他們，在幾秒間打了幾個眼色，他一面看著那位女子的背面，一面對著他們示意：「甚麼人來的？你們又玩甚麼？」直至走到那位陌生女子隔鄰的空座位處，兩人第一次見面。

　　他們看到對方後便呆著，一秒，兩秒，政彥知道不能夠這樣

唐突，便衝衝地問了一句：「請問這個位有人坐嗎？」

浩琳聽後笑得往後靠，志杰也沒好氣地說：「林政彥，一點也不好笑，快點坐下來吧！」至於那位陌生的女子也掩著嘴巴回了一句：「隨便。」

政彥整理好頭上那堆野草，把恤衫上歪斜了的那排鈕扣扯回了直線，腰間挺直地坐在志杰對面。

她主動地自我介紹：「艾莉。」

「政彥。」

兩人都是這樣簡潔，再沒有多說甚麼，但氣氛並沒有因有「陌生人」而變得不自然。原來艾莉和浩琳早在中學時候已經認識，她們未至於情同姊妹，但大學畢業後便經常聯絡。艾莉在一間會計師樓工作，經常要到外地出差，這也解釋到為何她的身旁放著一件大型行李。

「你知不知道，為了今次大家可以在平安夜見見面……」浩琳對志杰說，眼睛卻一直看著政彥，「我專程去到機場接機，這才可以拉著艾莉來到這裏，否則我知道她又會說很累要回家睡覺的了。」她向志杰誇耀自己為了這次的聚會作出的努力。

志杰也順水推舟地答話：「所以我經常在公司跟其他人說妳工作效率高就是如此，既然大家這麼有緣，我們今晚就不要回家，一直玩通宵吧！」

「好呀，吃完飯就去唱K！」浩琳附和著。

只有艾莉和政彥同時睜大雙眼，但看著自己最好的朋友那麼高興，實在不忍心掃他們興。

　　艾莉答應了，但政彥卻遲疑了一下：「今晚我要覆一個很重要的公司電郵，但我的手機電量只剩下2%。」

　　志杰知道政彥又想找藉口回家，便搶先說：「我現在就跟你去便利店替手機充電。」

　　這時候，艾莉問政彥：「你是用iPhone的嗎？」

　　「是。」政彥有點錯愕。

　　她從手袋裏拿出一個充電器，遞了給政彥。兩人十分謹慎，生怕在交收的過程中觸碰到對方。

　　「啊，謝謝妳。」

　　艾莉沒有回應。

　　那是他們第一次共同度過的平安夜。

02:20

　　政彥在床上依舊以雙手托著頭顱，看著天花板，聽到樓上傳來的喧嘩聲，但是他沒有埋怨，因為今大也是平安夜，在家中與親朋好友慶祝也是人之常情。

　　記得那天的平安夜，沒有因為節日氣氛改變了甚麼，甚至連一件稍為特別的事情也沒有發生過。當天吃完飯、唱完歌，一起吃完麥記早餐後便各自回家休息。硬要說特別的事情，或者就是艾莉和政彥第一次相識，還有，政彥回家後發現口袋裏多了一個

電話充電器。

「怎樣也好，我應該要還給她。」政彥跟自己說。縱使他不太願意主動找艾莉，但總不能拿走別人的東西。他聯絡了志杰，拿了艾莉的手提電話號碼，待了良久，還是鼓起了勇氣，打開了通訊軟體。他輸入了電話號碼，看見了她的圖像，雖然只是一幀艾莉抱著枕頭的相片，但政彥還是看了很久，她的笑容美極了。在平安夜那天，政彥也看過很多次，但都是瞬間略過，沒有凝神注視，這也難怪，如果凝神看著一位初相識的朋友，相信對方不是覺得自己變態，就是覺得自己滿腦子邪念，現在，一個人在家中，可以肆無忌憚看過夠。政彥很久也沒有這樣定神看過一位女孩子，過了不知多久，他才「清醒」過來，開始留言給她：

「嗨，我是政彥，妳的充電器給我偷了，我現在良心發現想還給妳，妳看看何時有空吧？」

政彥三番四次地改動了字眼，首先是要肯定不會有錯字，其次就是不想她覺得自己太呆。或者政彥覺得在第一天相見的時候表現十分差勁，所以希望在字裏行間可以表現得風趣一點，但文字中又不能夠太過刻意，或是太過表現自己；最後就是表情符號，究竟用哪一個符號才最配合文意？她會不會明白？用了表情符號又會不會令她覺得自己太幼稚……只是幾句說話，政彥用了半小時去琢磨，然後再花了十五分鐘累積勇氣，才按下傳送按鈕。

政彥沒有因此鬆下一口氣。他手執著電話，整天的視線沒有離開過螢幕，乘車回家、吃晚飯、看日劇期間，淋浴完還會即時

赤條條的第一時間按下手機，看看有沒有任何回覆，直至睡前關燈的一刻，他的希望再一次落空。

他問自己：「我在幹甚麼？」

艾莉的訊息欄只有一個剔，表示訊息已經傳送到她的手機，但她一直沒有看過。隔了兩三天，她的圖像被一個個政彥的朋友和工作夥伴的訊息欄往下壓了去，很快便在螢幕的第一頁消失。政彥笑了一笑，不斷問自己究竟在著緊些甚麼？為甚麼會這樣期待她的回覆？只是一個普通的充電器罷了，街上很多地方也可以買得到，如果艾莉急著要用，也不會不主動來問自己取回；如今她不主動找自己，即是代表這個充電器對她根本微不足道，政彥甚至懷疑，艾莉已經忘記借了充電器給他，又或者只是把那段訊息視作一個陌生人約會異性的爛藉口罷了。

到了第四天，艾莉的圖像突然進佔了政彥的手機通訊程式「榜首」，她留言寫道：

「對不起，我去了台灣工作，回來後才看到你的訊息，明天晚上有空嗎？」

政彥瞬間忘記了早前的所有疑惑和氣餒，並以秒速回覆：

「有啊！妳休息一下，明天再約時間和地點～」

政彥感到身體突然間灌注了能量，同時重新感受到自己的心跳。

對於這一天的到來，政彥不得不承認是滿期待的。他揀選了很久沒有穿過的連帽派克大衣和工裝長褲，如往常一樣，他早了

五分鐘到達約定的地方。

艾莉住在太子，他們相約在一間便利店門口。不久，政彥便在遠處看見了她。她也看到政彥，微笑著一步一步地走了過來。

她用了橡筋紮上一束Long Bob鬈髮，沒有任何化妝，淺色針織帽衛衣、打摺棉麻短褲和運動鞋，與第一次見面的髮型、妝容、套裝和高跟鞋比較，如今蛻變成了一個好像還未成年的少女，或者應該說，她本來就是這個樣子，只是工作關係令她不得已裝扮到具說服力的成熟感。

政彥看著眼前的艾莉，呆了半秒：「很可愛」（心想），接著，他萌起了奇怪的念頭：艾莉好像不太在意自己，他開始有點懊惱：艾莉最小也應該化一點淡妝（雖然不化妝也很美），或者應該穿得有點「誠意」（其實這樣穿也很美哦）？說到尾，這也是他們第一次的約會，但她卻以一身「街坊裝」赴約。

政彥心裏怪責自己想得太多，其實，只有自己在乎這個約會……不，這根本不算是約會，只是一場交收活動而已。

想到此，政彥二話不說，便從口袋裏拿出那個充電器，說：「已經充好電了，妳可以隨時拿來用。」

「嗯……剛才浩琳問我，現在去不去跟她們一起吃飯，你有沒有約其他人？」艾莉一面看著手機，一面跟政彥說。

「沒有，不過我不太認識浩琳的朋友，而且我很怕去人多的地方，妳們玩得開心點吧。」政彥還是禮貌地婉拒。

艾莉好像預計到政彥一定不會答應似的，於是她抬起了頭，

問：「那陪我吃，好嗎？」

政彥沒想過艾莉會有這個提議，他只是在點頭說：「好呀。」表面裝著反應平和，但心裏已經興奮得快要爆裂出來。艾莉打了一個電話給浩琳，說自己剛剛從公司回家，「很累」、「很想睡覺」之類。政彥不知道艾莉在勉強地找借口，抑或她現在真的很累；而重點是，她沒有提過身邊是政彥，這是因為艾莉害羞得不想浩琳知道她約了政彥？還是她寧願跟一個相識僅一天的朋友約會，也不想與相識十多年的好姊妹吃飯？

管它是甚麼也好，政彥獨自站在一角裏暗爽。

他們在附近逛了一會，最初政彥還愁著應該要找哪一間高級餐廳，吃甚麼和牛、法國菜之類，但艾莉似乎不介意去哪裏。兩口子選擇了一間最普通不過的茶餐廳坐了下來，看了看餐牌，政彥問：「如果你不介意，我想吃鹹魚蒸肉餅。」艾莉笑了：「我也喜歡。」她提議叫多一碟臘味炒芥蘭，兩口子第一次約會……不是，是第一次交收活動，就是在一間茶餐廳裏。

談話裏得知，艾莉在一間著名的會計師樓裏工作已經有五年，最初兩年留在香港，其後公司業務擴充，她的團隊便要到處飛，前去不同地方進行核數工作，試過一個月飛了五次，逗留在香港的日子寥寥可數，所以，在這幾年間幾乎沒有真正休息過。她說：「我不是在抱怨，不過下一年我已經二十八歲，所以想趁還算年輕的時候努力掙多點錢，只是代價就是『斷六親』，很少機會回家，更少機會與朋友見面。朋友中，浩琳是比較諒解我的一個，她總是希望抓緊機會與我見面……」

　　政彥很用心地聆聽艾莉的故事，當他知道艾莉只有二十七歲，除了感慨自己的朋友圈進一步年輕化，也在意自己和她在這方面的差距。然而，艾莉願意跟一個只相識一天的陌生「宅」男分享自己的點滴，令本來性格內向的政彥也表達了內心的想法：「妳已經很厲害了，大家都屬牛，我足足大妳一個圈，卻只是打死一份牛工，一事無成。」

　　艾莉皺了皺眉，似乎不同意政彥的說話，她說：「我都想跟你一樣，找一份整天坐在辦公室的工作，然後儲到首期買磚頭，看似平淡的生活，但做人就應該要這樣，平淡是福。」

　　他們談了一整晚，談到伙計走來說要打烊後才捨得離開。在人車都不算多的長沙灣道，他們延續了離開前的話題，直至去到街角的一幢住宅樓下，艾莉停了下來。

　　「我就住在這裏。」艾莉對著政彥說。

　　「嗯，那你……早點休息。」

　　他們都靜了一靜，政彥再次看著艾莉的雙眼，就是那一天第一次看到的一模一樣，只有2.5秒，但已經很美，只需要這瞬間，就有那種「撲通」的反應。

　　突然，艾莉捉著政彥的手，輕輕地往下拉，雙腳再順勢撐起整個身體，讓嘴巴剛剛好緊貼著對方，這一記印，令政彥來不及回應，待他想往下貪一下時，艾莉已經回復了站姿，只是嘴角還帶著那份微笑的矜持，說：「你也早點休息。」然後便飛快地按動了大廈密碼，頭也不回地衝了進去。

留下來的只有政彥，但是他一點也不覺得孤單，他用雙唇輕輕互印著，再吸了一口艾莉剛才留下來的香氣，感覺到前所未有的幸福。

02:30

原本托著頭顱的雙手已經麻痺，政彥不得不轉換另一個睡姿，他向左面一靠，希望重新釀造那種幻想中的甜蜜，妄想那一刻艾莉會做出如此驚人的回應，讓這種甜蜜的味道令自己儘快入眠，但卻事與願違。

事實是，當時他們去到街角的一幢住宅樓下，艾莉停了下來。

「我就住在這裏。」艾莉對著政彥說。

「嗯，那你……早點休息。」

兩人都靜了一靜，政彥再次看著艾莉的雙眼，就是那一天第一次看到的一模一樣，只有2.5秒，但已經很美，只需這瞬間，就有那種「撲通」的反應。但是政彥知道不能這樣下去，在秒針踏進第三秒之前，他用說話令自己冷靜過來：「除夕那天我們再見。」

「嗯，拜拜。」艾莉掛著那招牌式的笑容離去。

政彥揮了揮手後，雙手插在外套袋，轉身走向車站。

政彥不知道艾莉怎樣看自己，但那一刻，他知道自己已經喜歡了她。

除夕當天，志杰和浩琳有點爭拗，無奈他們一早已經約好政

彥和艾莉在一間位於尖東的酒吧裏慶祝倒數，就這樣，政彥和艾莉便「無辜」捲入了這場冷戰風暴。

當晚，酒吧裏的顧客和職員都歡天喜地，只有這張桌子的氣場不一樣。志杰只跟政彥喝酒，浩琳就只跟艾莉聊天，同一張桌子，四人好像「搭枱」似的分開了兩邊。政彥看著艾莉，艾莉也看著政彥，有時他們會互相縮一縮膊胳，有時就會互相扁一扁嘴巴，以表示「沒有他們辦法」的意思。說真的，撇除志杰和浩琳鬧翻的火辣氣氛，政彥其實蠻喜歡當刻與艾莉的互動，這已經不是僅相識了幾天的合拍舉動。

3、2、1，Happy New Year！「砰！砰……」花炮和香檳的軟木塞一個個地彈開，就連一向很少情緒高漲的政彥，也藉機主動與酒吧裏其他人一起狂叫歡呼，希望打破這個悶局，結果是他與艾莉一面唱歌，一面喝酒，唯獨志杰和浩琳依然是零交流。

沒過多久，浩琳主動提出了回家的要求，志杰也只可以緊隨，酒吧門外就只剩下政彥和艾莉。

「你累嗎？」艾莉問。

「不累。」

「那你有甚麼提議？」

政彥想了一想，說：「如果妳不覺得無聊，我送妳回家，不過是由這裏徒步走回家。」

艾莉想也不想：「好呀，走吧。」

記得政彥上一次由尖沙咀徒步回家，已經是中學年代。那時口袋裏沒錢，不想太早回家，身邊的摯友又住在同一個屋村，於是便有這個無聊但讓人懷念的回憶旅程。政彥還以為這種傻事可一不可再，想不到，那天晚上，艾莉讓他重拾了這種情懷。

　　他們沒有受到剛才志杰和浩琳的冷戰影響，心情反而變得輕鬆、快活起來，因為他們都覺得，這才是新一年開始應該要擁有的心情。

　　他們沿著彌敦道一直往北行，街上都是歡天喜地慶祝的年輕人，更多是互相倚伴的情侶，只有政彥和艾莉依然隔著那一道牆的距離。雖然如此，政彥每當看到有途人在前面呼菸、有醉漢迎面而來、冷氣機水滴，或是交通燈綠公仔在閃爍時，他都會觸碰一下艾莉的肩膊，向她示意提醒，但只會點到即止；而艾莉也會微笑回應，她感受到政彥的風度，也開始泛起了被關顧的感覺。

　　兩口子一路走來，艾莉大多在訴說有關她在公司和外地工作的事情，很少講及關於家人。

　　政彥只知道她是獨女，父母離異，上次父親來到她的窩居已是幾個月前的事；至於感情方面更不曾講過半句，政彥只是從志杰的口中得知她在幾個月前，主動跟男朋友分了手。政彥當然不會主動提問，她想說的，自然會說，免得觸及她可能的傷痛處，影響氣氛。相反，政彥也不會主動談到自己的家事、感情事：爸爸留院已有五年，跟媽媽一直沒有兩句，還有一個患了精神病的哥哥，以及一段段給自己糟蹋的情史，那些都是不值一提的往

事，反正艾莉沒有問，不說也罷。就是這樣，他們的話題都離不開工作、工作和工作。

由尖東走到太子，慢行也只需要一個多小時，他們出奇地不覺得疲累，途中更發現了一間尚未關門的粥麵店。剛才在酒吧沒吃過甚麼，而且以當時的心情，實在也食之無味，眼前即使是再普通不過的及第粥、艇仔粥、炸兩和久未嘗過的牛脷酥，他們也感覺到十分滿足。

政彥偷偷地看著艾莉，很想對她說：「謝謝妳今晚陪伴了我。」

凌晨三時，政彥本來想送艾莉回家，這時艾莉竟然有新點子：「每年第一天，我都很想去看日出，感覺親眼看過那年的日出後，整年便會帶來希望……」話音剛落，政彥便說：「我們現在就去海邊等看日出。」

「你不累嗎？明天你還要工作。」艾莉關心地問。

「不累，我回家後會先睡過飽，放心吧。」難得艾莉這兩天都留在香港，政彥自然不會錯過這些可以相見的機會。

政彥拿起了電話，搜尋一下徒步可以去到的海傍地方，他們轉向西行，決定前往長沙灣魚市場海傍。

深宵的街道變得冷清，途人也少了很多，交通燈只為他們提供服務，行人隧道裏也只有瑟縮一角的路宿者。他們朝著海浪的拍打聲走去，眼前看到了不少漁船停靠在碼頭和避風塘處，找了很久才有一排公用椅子，他們就這樣坐了下來。未知大家是否已

經累了，抑或想靜靜地感受眼前風景，很久也沒有說過話，而彼此仍然保持著剛才在街上遊逛時的一牆之隔。

迎面吹拂著強勁的海風，把艾莉的頭髮都往後吹起，裸露了寬闊而飽滿的前額，雙手早已抱著皮包，捲縮著身子。

「戴上它吧。」政彥除下了仍然帶有餘溫的頸巾，用右手跨過艾莉的頸項一圈，接著另一圈包裹到她的嘴巴，再一圈掩蓋著那紅紅的鼻子，最後剩下的吊架部分則小心地放在她的胸前。

艾莉被圍埋在暖暖的頸巾裏，還有那對凝望著政彥的眼睛。

艾莉看到磨著手掌的政彥，主動填充維持了整夜的距離，即使隔了厚厚的毛衣，她也希望用自己的體溫讓政彥感到暖和一點，政彥還以為這種溫暖是妄想，現在的感覺卻變成了雙方。

政彥也向艾莉靠了一靠，說：「想不到這裏的魚腥味還挺強勁……」原本政彥是想藉著這句說話來「掩飾」自己往艾莉一靠的舉動，想不到艾莉二話不說，已經把頭輕輕地伏在政彥的肩膊上，這時，他也再不吝嗇，用右手緊緊地攬著顫抖著的艾莉，抱著她入自己的懷裏。

02:40

政彥還是覺得左靠的睡姿令他無法入眠，於是向右面一扭，再次仰看著天花板。樓上住客的慶祝似乎已經收斂過來，讓他可以專注於對艾莉的狂想。

艾莉看到磨著手掌的政彥，主動填充維持了整夜的距離。即使隔了厚厚的衣服，她也希望用自己的體溫讓政彥感到暖和一

點，政彥還以為這種溫暖是妄想，現在的感覺卻變成了雙方。政彥也向艾莉靠了一靠，說：「想不到這裏的魚腥味還挺強勁……但我想說的是，我們待在這裏多久也不會看到日出。」

「為甚麼？」

「妳看看後面……」艾莉朝著政彥仰望的方向看，太陽剛剛升起，他們看海的方向原來一直是在西面。政彥怪責自己的愚昧，就連艾莉小小的願望也不能為她實現，雖然還是看到了旭日初升，但比起想像中，太陽在海上和群山中徐徐升起那一幕，這個從天橋和大廈的間縫中竄出來的日出，確是毫無美感和浪漫可言。

艾莉站起來，轉了身，一直看著給太陽照耀的周邊雲彩。微黃帶橙的光線照遍了艾莉的瓜子臉龐，風繼續吹過白皙的皮膚，順勢把長髮往外飄。政彥在椅上看著艾莉，她看來沒有一點失望，還表現出一份滿足感：「下年我們再看過吧。」

這一刻，有了她在身邊，還苛求甚麼？

接著的一年間，有很多經歷和片段沉澱在政彥的腦海中。

艾莉的工作似乎比往年更多，即使一個月只有幾天留在香港，她也要返回公司工作，甚至通宵達旦。政彥有時會覺得很矛盾，艾莉有自己的家人、朋友，但他很想趁艾莉留港的時候與她見面，卻又怕阻礙她日常生活和休息時間；相反，艾莉沒有太多的顧慮，只要有空，即使更累，也不想待在家裏，而以往除了做運動，平日總是留在家裏的政彥就成為了她的最佳伴侶。

政彥喜歡打網球，即使只得一個人，他仍然喜歡走到球場上練習發球。那一天，他得知艾莉剛剛回港，翌日休假，便問她有沒有興趣走動一下，政彥以為她寧願賴在床上，結果她一身運動裝前來了球場，這是政彥第一次看到她如此輕裝。艾莉從未試過打網球，政彥教了她一些基本動作後，已經打得似模似樣。政彥知道她以前在中學是籃球校隊成員，充滿運動細胞，想不到就連網球也難不到她。看著那札馬尾，隨著起手、擊球等動作而左右擺動，加上那摺短裙，政彥顧得看她時，回球也變得有點滯後。

　　一天晚上，艾莉出席完朋友的宴會，政彥也剛好就在附近，於是他們便相約在一間餐廳見面。艾莉喜歡喝酒，尤其喜歡品嚐紅酒，至於政彥一點也不懂，酒量也差，但當晚他喝了人生以來最多的酒，雖然政彥早已走不到直線，他仍然樂在那種似醉未醉的感覺。餐廳裏柔和的燈光投射在酒杯間，反照在艾莉的身上，她單手托著下巴，同樣泛起了酒紅色的臉，水汪汪的雙眼沒焦點的看著前方，有時與政彥雙目交疊，雙方又很快迴避過去。那天是政彥和艾莉看著對方次數最多的一天。

　　中秋當日，政彥買了一個迷你版的兔子燈籠，預備在當晚送給艾莉。他們相約在下午兩時見面，但政彥等了一個小時還是看不見艾莉的出現，他沒有傳訊或致電給她，繼續在車站的一角站著呆等。兩個小時，三個小時，政彥才收到艾莉的電話：「對不起！我睡過了頭，你為甚麼不打電話給我？」

　　「妳昨晚才下機，一定很累，我想妳睡多點。」

　　「……你這傻瓜……我現在換衫下來。」

　　政彥站了三小時後少不免有點疲態，但看到艾莉那副羞愧的
笑容後卻又回灌了能量。他們在傍晚來到烏溪沙海灘，這裏已經
頗為喧鬧，但兩人就是坐在一角，靜靜地互相依靠著。沙丘上的
燭光照亮著迷你兔子燈籠，也照亮著艾莉的臉蛋，她的眼珠隨著
蠟燭的光芒一眨一眨地閃動著。政彥最喜歡的節日，跟最喜歡的
人度過，那一夜，縱使月亮以最佳的姿態示人，但也給艾莉比了
下去。

　　政彥第一次來到艾莉的房子，是在她要乘搭夜機前往澳洲工
作的那個下午。事前，政彥聽艾莉說，這次旅程要帶備的文件幾
乎佔了整廂行李，於是他便提議做艾莉的苦力，幫她提著行李到
機場，艾莉欣然答應。

　　那間房子是艾莉畢業後一直租住的單位，只有一百多呎，但
布置簡約（或者是她一直以來都沒有時間去布置），酒櫃裏放上
了二三十支不同品牌的紅酒，但政彥沒有再仔細參觀，只是乖乖
地坐在沙發上，等待艾莉準備好一切後便一起前往機場。

　　艾莉忙著準備行李之際，把一個拉鏈袋放在政彥身旁，政
彥看著那個裝滿了化妝用品的袋上掛了一個卡通飾物，便好奇地
說：「這個掛飾蠻趣緻。」

　　艾莉看了看，表情顯得有點尷尬：「這是我前男朋友送給我
的防狼器……不過好像已經不再響了。」

　　「原來如此。」政彥故作平淡地回應。

　　但政彥一直沒有忘記。

還記得艾莉生日那天，志杰、浩琳和政彥與她一起慶祝，當時志杰、浩琳已經拍拖近半年，雖然仍然偶有鬥嘴、鬧不和，但這似乎已經成為了他們日常的相處方式。

　　當天晚上，他們一起在K房慶祝艾莉的生日，除了生日蛋糕，三人各自點了一首歌送給艾莉，政彥就選了《情深說話未曾講》。他並不擅長唱歌，也不熟悉派台新歌，所以點了這首自己相信不會唱得太難聽的舊歌送給艾莉。話雖如此，志杰和浩琳還是有意無意笑著政彥：「噢，政彥，究竟你有甚麼情深說話未曾跟艾莉講啊？」政彥慶幸房間的光線昏暗，否則便會給他們看到自己已經變得面紅耳赤。

　　他沒有理會志杰和浩琳，只是希望專心唱好這首歌。唱到歌曲中段的間場部分，政彥偷偷地看著艾莉，她跟當時在餐廳喝著紅酒的姿勢一樣，單手托著下巴，雙眼看著螢幕。「她在聽自己唱歌嗎？」、「她有沒有留意到歌詞？」、「她了解我的心意嗎？」政彥心裏很想知道答案。

　　唱畢，掌聲起動，碰杯聲此起彼落。這時，電話響了起來，那是浩琳的來電，志杰跟隨著她離開了房間，剩下了政彥和艾莉。

　　「這是很好的時機。」政彥心想。因為他早已經預備好生日禮物送給艾莉，但又怕志杰和浩琳說一些令人尷尬的話，如今只剩下他們兩人，正是難得的機會。

　　政彥從袋裏拿了一份小禮物出來。這份禮物沒有花紙，只

是用格仔碎布包裹著多支潤唇膏。艾莉顯得有點錯愕，政彥說：
「之前妳經常說在外地工作的時候，覺得嘴唇特別乾燥，所以
我買了不同牌子的潤唇膏給妳，希望妳不要嫌棄這份便宜的禮
物。」

艾莉用雙手接過這份禮物，看著政彥說：「多謝你，很實
用，很感動。」

未幾，政彥從口袋裏拿了一件掛飾，他鼓起了最大的勇氣
說：「這是防狼器，我見你那個壞了，所以想妳換一個新的⋯⋯
我試過，蠻刺耳⋯⋯」

艾莉二話不說，雙手緊緊地擁抱著政彥。

這次輪到政彥感到錯愕，再加一點不知所措，未幾，他感覺
到背後一浸涼意，那是水滴？

是眼淚。

政彥回過神來，雙手慢慢地捆著艾莉的背間，再一寸一寸地
收緊，這時，艾莉沒有一絲鬆開的意思，政彥還開始感受到因抽
搐鼻子而傳來的束動。

第一次的擁抱，第一次感受到她的皮膚、骨骼、肌肉，還有
軟綿的胸脯。政彥合上了雙眼，把艾莉抱得再緊一點，他們都不
想主動放手。

螢幕上再次播起了《情深說話未曾講》。

政彥鬆開了手臂，雙手執著艾莉的肩膊並順勢推開，艾莉似

乎還需要時間讓自己的情緒平伏下來，但政彥沒有讓她有喘息的機會。他側著頭顱，一寸一寸地靠近，艾莉沒有退後，只看見她的眼簾已經垂得很低，他們剛才感受過的溫暖，現在已經轉移到了雙唇處。兩人的雙手都摟著對方的腰間，沒有多餘的動作，他們只想專注於這份溫暖之中，一種渴望已久的溫暖。

02:55

　　政彥緊閉了雙眼和嘴唇，用鼻子吸了長長的一口氣，然後打開眼簾，再慢慢地、輕輕地呼出剛才的那口氣。他決定再次扭動身體，向右側睡，政彥看到了面向著自己的她，與當天的體香和觸感都不一樣。

　　回想那一次的擁抱是實在的，政彥確實感受到艾莉的一切，那是真摯的，撼動的，長久的，但他們沒有真正吻下去。

　　在志杰和浩琳返回房間前的一刻，他們已經鬆開了對方，做回昔日的自己，就像一切沒有發生過一樣。

　　他們都不想主動放手，卻始終要放手。

　　在接著的日子，艾莉不停地工作，是不停地，就連她與政彥約會，也總是離不開工作，話題離不開工作，理想離不開工作，有時更要忙至吃飯時也要繼續工作。記得他們有一次在馬灣的一間餐廳用膳，政彥看到坐在面前的艾莉，忙過不停地在飯菜間按著電話，那時，政彥也拿起了手機，傳了一段訊息給她：「就連假期也要工作，看見也心痛。」

　　原本忙得板著臉的艾莉收到政彥的訊息後，抬起了頭報以笑

容，她向政彥說：「對不起，最近的工作……」政彥耐心地聽著艾莉的說話，他沒有一絲怒意、無奈、失望，真的一點也沒有，他只是覺得心痛，真的很心痛。艾莉的現在和過去也沒有甚麼改變，一直沉醉於工作，對身體和心理造成了沉重的負擔和壓力，但是，艾莉由工作獲得的回報和滿足卻多於一切，這可讓她放棄工作以外的一切事情。這不是她的錯，因為生活就是現實，為了將來，她必須這樣做，心靈才能滿足，生活才能繼續下去，關於這一點，政彥是清楚了解的。政彥經常在想，如果自己不是平庸得這樣可憐，與艾莉的關係便不會像隔著一道牆，或者，將來真的可以與她再相伴在旁。

　　第二年的除夕，艾莉沒有忘記承諾，她拋下最要好的朋友，與政彥一起看日出。經過去年的教訓，政彥揀選了一個看得見日出的地方。凌晨四時，他們去到了紅磡海濱，在木椅上坐下來，喝著香檳，等待著晨曦。那天晚上，艾莉和政彥都沒有太多說話，艾莉更因為前一天通宵工作而顯得十分疲累，而且開始打瞌睡，政彥猶豫了片刻，還是決定用左手把艾莉的臉龐輕輕壓到自己的肩膊上，讓她好好地睡一覺。政彥溫柔地對著艾莉說：「待日出的時候才叫醒妳。」海風迎頭吹來，他沒聽到艾莉的回覆，只感覺她一動也不動。

　　政彥再次感受到艾莉傳來的體溫和香氣，那是一種難以忘懷的幸福感。過了半小時，左手的肌肉開始繃緊，一小時後，手臂已經麻痺，兩小時後已感覺不到左手的存在，但是他仍然堅持下去，不讓自己有任何動作騷擾到正在甜睡的懷中人。

政彥沒有睡過，一直守看著漆黑的夜空。到了早上七時零三分，天空逐漸浮現雲朵的輪廓，深藍色的天空每分每秒都在變化，慢慢地被橙紅色的晨光取代，山巒的色彩開始有了異樣。政彥從上而下看著懷中的艾莉良久，不知從哪裏來的勇氣，他在艾莉的頭頂輕輕地吻了下去，再把左面的臉龐印在剛才吻下去的位置。

　　政彥很想停留在這個時空，繼續感受艾莉的溫暖，但太陽始終還是要升起來。他捨不得抬起了頭，拍了拍艾莉的手臂，說：「艾莉，妳看？多美。」

　　艾莉徐徐地挺直了腰板，兩人再次相隔那久違的一道牆之距，與政彥看著遺失於往年的晨光。

03:05

　　政彥仍然無法入睡，面向著正在熟睡的她，再沒有翻來覆去，就這樣凝望著她的臉龐。不久，預先調校好的關機模式啟動，房間裏變得一片寂靜，只剩下咕嚕咕嚕的鼻鼾聲。政彥小心翼翼地跨了一跨，用被子填塞她空盪盪的背部，然後在回復先前的睡姿之前，順勢在她的額上吻了一吻。

　　政彥沒有延續與艾莉那天之後發生的故事。他再次合上了雙眼，選擇迎接另一天被愛的幸福。

國家圖書館出版品預行編目

愛情嗎啡.尋回2.5秒的心動 / 朱維達著. -- 臺
　北市：獵海人，2021.11
　　面；　公分
　　ISBN 978-626-95130-4-8(平裝)

857.63　　　　　　　　　　110017991

愛情嗎啡・尋回2.5秒的心動

作　　者／朱維達

出版策劃／獵海人

製作銷售／秀威資訊科技股份有限公司

　　　　　114 台北市內湖區瑞光路76巷69號2樓

　　　　　電話：+886-2-2796-3638

　　　　　傳真：+886-2-2796-1377

網路訂購／秀威書店：https://store.showwe.tw

　　　　　博客來網路書店：https://www.books.com.tw

　　　　　三民網路書店：https://www.m.sanmin.com.tw

　　　　　讀冊生活：https://www.taaze.tw

出版日期／2021年11月

定　　價／新台幣300元